# 再不清新的呼吸,也是经过自己的梦

缪锦春  著

苏州大学出版社

图书在版编目(CIP)数据

再不清新的呼吸,也是经过自己的梦/缪锦春著. ——苏州:苏州大学出版社,2018.7
ISBN 978-7-5672-2487-2

Ⅰ.①再… Ⅱ.①缪… Ⅲ.①诗集-中国-当代 Ⅳ.①I227

中国版本图书馆 CIP 数据核字(2018)第 133246 号

| | |
|---|---|
| 书　　名 | 再不清新的呼吸,也是经过自己的梦 |
| 作　　者 | 缪锦春 |
| 责任编辑 | 周建国 |
| 出版发行 | 苏州大学出版社 |
| | (苏州市十梓街 1 号　　215006) |
| 印　　装 | 宜兴市盛世文化印刷有限公司 |
| 开　　本 | 700mm×1000mm　1/16 |
| 印　　张 | 22.5 |
| 字　　数 | 259 千 |
| 版　　次 | 2018 年 7 月第 1 版 |
| | 2018 年 7 月第 1 次印刷 |
| 书　　号 | ISBN 978-7-5672-2487-2 |
| 定　　价 | 78.00 元 |

苏州大学版图书若有印装错误,本社负责调换
苏州大学出版社营销部　电话:0512-67481020
苏州大学出版社网址　http://www.sudapress.com

# 我与诗人的对话
## （代序）

　　我有个最亲密的朋友，其实他还是一个诗人。我问过他，你是学文科的，这是写诗的理由吗？他说，中学时觉得当诗人很酷，和其他人不一样。

　　当然，随着年龄的增长，写诗显得越来越不"酷"，不过他还在写，偶尔发在朋友圈，也没多少人看。周围也有人说，不如多写畅销小说，他都是笑笑，说习惯了，不写就难受。

　　不过有一次他认真地说，写诗是他对生活的反思和观照。大部分人的喜怒哀乐似乎都是一次性的，不断发生和被遗忘；而写诗让他审视不断消失的生命，去思考、怀想、体悟。至于是否过时或无用，都是外部评判，他不关心。

　　做这样"过时"的事，总令我觉得非常浪漫——其中有某种不从众的笃定。我们身处的世界在轰轰烈烈地向前奔腾,很多人身在其中拼命追赶,却只是盲目地觉得激动人心。然而,总有另外一些人从不害怕错过什么。

他们的从容和笃定源于自洽:清楚地知道自己是谁、要去哪儿,和其他任何人都没有关系。引用一个之前提过的概念,他们是"自我分化"水平很高的人,拥有清晰的自我感,并独立于他人之外,始终坚持做自己想做的。

在他的这本诗集里,他托我问问大家:有没有一件在很多人看来已经"过时"的事物,是你仍然在坚持的?这样的你是个什么样的人?拥有什么样的价值观?

这名诗人朋友是另一个我。

# 目 录

| | |
|---|---|
| 001 | 这里躺着我最好的诗 |
| 003 | 我想我是这样的人 |
| 004 | 十月的前半月 |
| 006 | 五点的地铁 |
| 007 | 留一点儿时间用来思念 |
| 009 | 世界的掠影,在镜头下的样子 |
| 010 | 幸福,在冷风的画像里 |
| 011 | 那时,你我有梦 |
| 012 | 十月,总是路长未至 |
| 013 | 发生在我身上的一件事 |
| 015 | 这个秋天,我在江河湖的走廊上 |
| 017 | 再不清新的呼吸,也是经过自己的梦 |
| 018 | 有时,普通的日子也那么艰难 |
| 020 | 我想用刺痛,描述秋天和模糊的欢快 |
| 022 | 我想,那时我找到了答案 |
| 024 | 白天是为了发现美,而黑夜只是为了爱 |
| 026 | 夜晚,枕在记忆的花海里沉睡 |
| 028 | 你若要远走,请记得顺手带一个初识给我 |
| 030 | 这个下午,我开始人生总结 |
| 032 | 秋天的凉,我重回爱的怀抱 |
| 034 | 我付费,来目睹清晨五时许的浦江 |
| 036 | 一天,有时路过的就是人生 |
| 038 | 沿着时间的时间,悄悄返回各自的自己 |
| 040 | 你若心中有爱,生活哪里都有期待 |
| 042 | 我说,人生那交织的三味 |
| 044 | 给我回应的,不病一场就足够 |
| 045 | 午睡醒来,擦擦桌上的口水 |
| 047 | 让所有来路拥抱归途 |
| 048 | 你生来有翼,为何总是匍匐前行 |

050　　对面新楼，窗户上有很多白叉
051　　我害怕沉默的早晨，有人搬来各种人生
053　　怎样才能住在你心里，不被忘记
054　　那个他或她，请把柴米油盐过成自己深情的诗词
056　　暖场已过，让我们开始本次的表演
058　　许多时候，生活都不是表里如一
060　　骨子里我是喜欢流浪的，我常常把眼前想象成远方
061　　星星彼此陌生，有如我们人类
062　　以后做粥，煮一锅白开水就足够
063　　可能有些颓废，秋天却更见风骨
064　　我在城市里不停地行走，直到除我之外空无一人
066　　我那时喜欢的黄昏、荒郊和忧伤
067　　为什么过去的人，总是那么气闲神定
069　　他在不老的时光里，健步如飞
071　　空间里的时间，时间里的空间
072　　是不是没有说出的疑问，才是真正的问题
073　　因与果在风中
075　　即使只有一根头发，也要披头散发
077　　难得一人心，一往情深
078　　未经自己喜欢的人生不值得过
079　　对面阳台，有人在晒床
080　　我不说话，悄悄地去街口吃饺子
082　　他有那么那么多钱，却连一个爱的人都没有
084　　人生的竞技场中，只有半明半暗的荣光
086　　让那些未知的，在你心里闪光
088　　那些看似普通的事，却美好如诗
090　　地球是圆的，而看似是终点的地方可能也只是起点
092　　秋风渐紧，散步时与上帝相遇
094　　运气不好的人，都缺一次旅行

| | |
|---|---|
| 096 | 我是落在你手里的一粒灰尘 |
| 097 | 你相信吗,鸟儿也会喝醉酒 |
| 098 | 有流水的地方,总会滋生种种思念 |
| 099 | 昼长夜短,可你却越睡越晚 |
| 100 | 深爱一个人,已藏在灵魂里 |
| 101 | 你和我说话,用的是相互的呼吸 |
| 103 | 世界再大,与你无关 |
| 104 | 我想做个艺术家,掌握沉默的艺术 |
| 105 | 你要找的不是脚下的路,而是潜藏在路面下的暗流 |
| 106 | 爱过是不够的,爱着才好 |
| 108 | 越来越胖的秋天,越来越瘦的思想 |
| 109 | 我欠清晨一次清醒,等在东昌路口 |
| 111 | 念着一个名字,等在相遇的路口或远方 |
| 113 | 随我来,想象你正穿过人群 |
| 115 | 足球输了,那个特别的男人没有眼泪 |
| 117 | 只要你是善良的,就会持续精神年轻 |
| 118 | 佛在心中,香在树上 |
| 119 | 太多或太少的智慧 |
| 121 | 有关无关的人 |
| 123 | 我午睡醒来,擦擦地板上的口水 |
| 124 | 重负之下,我奋不顾身扑向某种轻 |
| 125 | 昨夜,我数了二十五颗星星 |
| 126 | 用诗歌抵达灵魂,在这个秋冬与你慢慢分享 |
| 127 | 如果有爱,那么就随便等待哪一种未来 |
| 128 | 我从词典中撤退,带着一个遮脸用的偏旁 |
| 129 | 你是我小面积的痛 |
| 131 | 人要是没了恻隐之心,空气就痛哭 |
| 133 | 这么早就回忆了 |
| 135 | 常识还活着,世间还有青春 |

| | |
|---|---|
| 136 | 告别时分到来，我被迫迁徙 |
| 137 | 没有秋裤的早晨，我选择不说话 |
| 138 | 尘世浮浮沉沉，你过得好吗 |
| 140 | 我没有快乐可以和你交换 |
| 141 | 向左向右走，你没有看错 |
| 142 | 用小回答，抵抗大问题的恐惧 |
| 143 | 漫漫人生，谢谢你出现在我的时光里 |
| 145 | 不说告别，咖啡在等待一个人 |
| 146 | 我喜欢秋，秋和我喜欢的一样 |
| 147 | 靠近我，我将给你南国的温暖和湿润 |
| 149 | 我不知道哪张脸望着我，当我正在用笔写字 |
| 150 | 天真，就是期待雨落在熟悉的地方 |
| 151 | 我在等你，敏感于纤细的动静 |
| 152 | 人人需要远方，哪怕一无所有 |
| 154 | 世界是一首诗，每个读者都是知音 |
| 156 | 愿我，总是在米饭的芬芳里醒来 |
| 158 | 你不是别人，请不要代替别人思考 |
| 160 | 天涯不远，若欲相见即能相见 |
| 162 | 世界正在偷偷惩罚，那些提前透支人生的人 |
| 164 | 我学习香水的名字，熟悉它们的存放时间 |
| 166 | 望你，像风吹万里不问归期 |
| 167 | 远方一无所有，为何给我安慰 |
| 169 | 万圣节的学问，是一剂荷尔蒙 |
| 170 | 无畏一切环境，我只要随心所欲地去呼吸 |
| 171 | 我不曾想过像太阳那样，爱东边的人，也爱西边的人 |
| 172 | 如果有一天我老无所依，我把他们埋在空话套话里 |
| 174 | 再怎么不堪，别忘了吃饭时扶碗 |
| 176 | 你在哪儿，哪儿就被我守望 |
| 178 | 我只是一个人、两个人，不超过三个 |

| | |
|---|---|
| 179 | 我弄丢了她们交给我的秘密 |
| 181 | 我喜欢开灯,也喜欢关灯 |
| 182 | 爱自己,大道两边各有精彩 |
| 184 | 一个闲人,只教人一件事 |
| 185 | 苦与福一样,都是生命对我们的奖赏 |
| 187 | 踏着落叶听古筝悠悠,原来真的是秋远冬至 |
| 189 | 他们不思考生活,他们生活着 |
| 191 | 从今天起,与这个冬天握手言暖 |
| 193 | 静听立冬的脚步,你会听到声声叹息 |
| 195 | 人到中年,我不会因诱惑而重返童年 |
| 197 | 平静地,身处幸福与不幸之间 |
| 199 | 在这里,我是个异族人 |
| 201 | 今天立冬,春天已在来路上 |
| 203 | 我是我时光里,最温暖的场景 |
| 205 | 倏忽秋尽,想把温暖寄给你 |
| 207 | 初冬,偶遇一条停在岸上的船 |
| 209 | 初心在,就会有千山万水 |
| 211 | 细节之所以美,在于它包含着年轮的耐心 |
| 213 | 早上哈一口气,在玻璃窗上画个笑脸 |
| 215 | 你那么成熟,肯定历尽艰辛 |
| 217 | 这无尽的孤单,让我失落在夜里 |
| 219 | 你不来,我哪敢老去 |
| 220 | 拜会夜东海,经过一座观音寺 |
| 222 | 我不是别人,是大山深处一束孤独的灯光 |
| 224 | 闻之于佛,愿眼光温暖我的双眼 |
| 226 | 黑夜临近,我必须迅速地画出晚霞 |
| 227 | 不一样的爱情,你心里看得见 |
| 229 | 此心永恒,请像小船般温柔地载我漂荡 |
| 230 | 这世上有两种人,一种是写诗的人,一种是不写诗的人 |

| | |
|---|---|
| 231 | 当第一缕阳光冲破云层,归期到来 |
| 233 | 邻居大妈和邻居大叔 |
| 234 | 心如止水,只想路指远方 |
| 235 | 美由善心来,心似桃花开 |
| 237 | 整个世界都入睡了,可我和我的心思还醒着 |
| 239 | 时光不老,闲暇处才是生活 |
| 240 | 人人都希望变得优秀,但善良和优秀一样重要 |
| 242 | 愿我们都有岁月可回首,且以深情白头 |
| 244 | 你的善良,可能重伤了空气 |
| 246 | 有静默思想的人,才有自己的灵魂 |
| 247 | 你放不下的,不是那些人和事,而是越来越重的焦虑 |
| 249 | 我把诗行散在风里,让风朗诵给你听 |
| 250 | 我渴望青葱的城市,格外珍惜阳光 |
| 252 | 我们应该向植物学习相知、相爱、相守 |
| 254 | 遇见值得遇见的人,把灵魂留下来 |
| 255 | 唯有暮色,眷顾不会点灯的孩童 |
| 256 | 时间不是闲人,遇见只会晚点 |
| 257 | 这世间所有的好,都在神的眼光里 |
| 258 | 我回来是想看一切,是想看你 |
| 259 | 把你的故事对我讲,让我笑出泪光 |
| 260 | 在明天和意外来临之前,我想好好爱自己 |
| 262 | 城东一纸秋意,城南一股秋气 |
| 263 | 在十二月的最后一天,我的心略大于地球 |
| 265 | 只有大海,才有为伤口保鲜的盐 |
| 266 | 生活不是生命荒唐的编号,生活的意义在于生活本身 |
| 268 | 向那些为了世界和平而油腻着自己的中年人致敬 |
| 269 | 神的望远镜像十一月的一支歌谣,还有显微镜般的长笛 |
| 270 | 梦中,看到你从彼时来 |
| 271 | 幸福并非遥不可及 |

| | |
|---|---|
| 273 | 一朵花是好的,连枯枝败叶都是好的 |
| 275 | 时间教会你与世界握手言和 |
| 277 | 他不是一个特别坚强的人,只是他会忍 |
| 279 | 我拿起我的笔,争取写出这些性感和诗意 |
| 281 | 立冬了,可他们要走了 |
| 283 | 在黑暗抵达另一个黑暗之前,你必须迎接崭新的自己 |
| 284 | 无论黑夜怎样悠长,白昼总会到来 |
| 286 | 老去了头发,心中却多了一面镜子 |
| 287 | 让路走吧,随它伸向何方 |
| 288 | 让所有的怀疑与想象,都回到人性的脚本 |
| 289 | 在所有人事已非的景色里,我最喜欢你 |
| 290 | 全国各地的地主不一样,有些就是吃肉的老乡 |
| 291 | 你和头等舱的距离,差的不只是价格 |
| 293 | 浓缩成园林,一草一木拥江南 |
| 295 | 心向美好的你,活成少女的样子 |
| 297 | 这是更为隐蔽的世界,语言是充满力量的 |
| 298 | 用足够的时间煨一锅鸡汤,善待自己 |
| 299 | 漫不经心地点进某些文字,就像进入了我们的人生 |
| 300 | 你只有屏住呼吸,才能接住远方 |
| 302 | 冬天的寒意,落到酒盅里一下子暖了 |
| 303 | 在人生的关口,有时需要一句诗或一张画 |
| 304 | 有些人生的战争,你需要单枪匹马 |
| 305 | 时光漫长,你要多加餐饭 |
| 306 | 最好有你,配得上这美好的旧黄昏 |
| 308 | 透过时光长长的望远镜,能看见世间万物 |
| 310 | 心的深邃曲折,胜过外界的一切嘈杂 |
| 312 | 浩瀚宇宙中,谁不曾孤独 |
| 314 | 无论你在哪里,你身上都有我祝福的一缕阳光 |
| 316 | 相隔的不仅是岁月,还有彼此渐行渐远的价值观 |

318　那个他或她,我能写封信给你吗

320　在冰与火中,我关心那些小事情

322　上海容不下肉身,小城放不下灵魂

323　月亮出来时,全世界是一个梦

325　漫不经心的匆匆巡礼,其实丝丝入扣

327　对话

328　任性不容易,我理解和保护自己

329　一只猫来了,另一只猫走了

330　在自己的小世界里沉沦,不如探头去张望

332　青衫细马春年少,十字津头一字行

333　我去旅行,是因为我决定了要去

334　父母子女一场,是什么在支撑他们的余生

336　归属来源于内心,找到那些能够触摸你内心的人或地方

337　在我什么也不想要的时候,我只想跟你在一起

339　我在床上见过很多苹果,每只都笑得太甜

340　一世一会,每次相聚都是绝无仅有的

341　碰到有风的日子,花从迷离的碧空飘舞下来

342　我的诗集就是我的坦白,是我一生的故事

## 这里躺着我最好的诗

在这里那里,安静如猫
在阳光下,清晨
记忆的衣服,散乱
没有梦,像习以为常的生活

如果人能说出心中所爱
如果人能把爱举上天
我就能成为那想象中的人
用舌头、眼睛和双手
在人前宣告被忽视的真理
爱的真理

我不知何为自由,除了被囚于某人的自由
听她的名字,我听到颤抖
白天黑夜
我的身体、灵魂漂在她的身上

生命可以是租的，但生活是自己的
如果不认识她，像没有活过
如果不认识她
就死

## 我想我是这样的人

我就这样一面看窗外
一面想你

我想我是这样的人
用骄傲对待骄傲的前额
用善良对待善良的心肠
只有采摘山茶花才弯下脊梁

我想我是这样的人
无畏一切环境
不念过往
只要随心所欲去呼吸

我想我是这样的人
有好运气
就爱一个人
爱到死

## 十月的前半月

十月最初的几天摇曳着
桂花树、胡杨和微风的曲线
是北来的呼吸
一叶一叶地脱去
夏季的火热

特别得留心
秋风在池塘留下的水印
跟夏天一纹路一纹路地作别
你那洗过的发梢
分明就是风的线条

马路上
还飘落着九月末下起的冰凉的雨
打着一把大伞思索的人
突然指着栅栏低语
那远方摇曳的树下
是不是有很多人在落叶上沉思

之后流泪而归

小城里
落叶飘到年关前
父老乡亲长褂上身
儿女情长包裹着家长里短
像受潮的火柴
脸是被捻暗的灯笼
或将熄灭

## 五点的地铁

十月某个日子
五点的地铁
太拥挤
空气压缩到使人窒息

南方北
左西东
全是陌生的面孔

一路思
一路诗

## 留一点儿时间用来思念

最想去的
是你心里

喜欢在喧嚣之中保持沉默
喜欢在众人之外
看到你
安静地待在一个人的角落
这世界,是你
和我的

你不扑蝶,所谓的春天
就是冬天的狗尾草
你不唱歌,所谓的音乐
就是风对树叶的泼水节
你不扶我,所谓的醉
就是这世界摇摇晃晃的魂淡

很多夜晚

你不在身边
月光是速食的外卖
突然地发呆
突然地出神
像简便实用的微波炉

从明天起
从太阳升起时
不喂马,不劈柴
且不周游世界
留一点儿时间
用来思念

## 世界的掠影,在镜头下的样子

风景,拍下来,回头再看
看见了一个近视眼没有看见的东西
那些事物的阴影,那些不甚美丽的东西
一个人坐在石头上,很小
开始没注意,此刻看见了

房屋,拍下来,回头再看
看一座房屋,干净的,窗帘拉开着,空的
使用房屋的人不在房屋里,仿佛站在我身后,说,拍吧
我不在那里

女人,拍下来,回头再看
看见一个女人,看见她的某时某刻
看见她自己不曾看见的自己
她的只属于某时某刻的自己
衬衫下的乳房、她坐下时腰间的肉

## 幸福,在冷风的画像里

屋外冷风
居室,炉火,糖粥

冷风,糖粥
因为一个我
所有的幸福
就是这样的幸福

## 那时,你我有梦

关于文学
关于爱情
关于穿越世界的旅行

如今我们深夜饮酒
杯子碰到一起
都是梦破碎的声音

## 十月，总是路长未至

我好奇我是否已经有足够的知识去知晓
这里所发生的一切
我太长久的观望以至于可以不看
那云朵，我曾经
和十月这个下午一起等待的白色云朵

云来云去之中我等待
但白云交叠白云之上的灰色浸染，以至于我并非不知
追随秋叶，绿蔓消逝，看红色尽染的树叶凋零，怀念多于贪恋
我深知
诸多可爱之物可赦免罪错或医治伤痛，但它们来去匆匆或涌动不安
我认定
它们还将接踵而至填充我的不满，但或许它们将因路长永远未至

满足之路是穿越世界的到达
内心回应自身以及内心和外物瞬间领悟

## 发生在我身上的一件事

我知道我存在
是因为你把我想象出来

我高大是因为
你觉得我高大
我干净是因为
你用干净的目光看我

我在你身后
在你身前
你是落在我手上的白月光
是我鼻梁上的
唇彩

在你简单的
温柔里,我也温柔
在你温柔的
简单里,我也简单

在你的简单温柔里
我也简单温柔

我是高大君
我是干净君
我是简单温柔君
时间把对我最好的人
留到了最后
这是发生在我身上的一件事

## 这个秋天,我在江河湖的走廊上

不知何时起,在江河湖的走廊上
我养成散步的习惯
见到白毛狗,就用世界语问好
偶有公车经过
就隔窗猜想一段恨史:
哪个白领丽人,被骚扰经年

道边风物,一贯井然
小花小草有人照料
在那里,有很多我不认识的人
挺着胸走路
也有一两个我认识的,在引力波作用下
早生了华发

有一个面熟的中年人,上帝对他的惩罚
是让他变胖
变成一个大胖子
神情郁郁寡欢

走路气喘吁吁
有人路过时,他下意识地遮掩衣服的下摆

这个秋天将我
和桂花树上的小伙伴们
困在一起,鸟不欺负人了
我不用被迫坐车去四处流浪
只静坐长廊,练习如何忘记自己
遥想未来在陌生的城市里行走的孤单
以及隐约可感而又无法把握的老年

## 再不清新的呼吸,也是经过自己的梦

希望你
原谅我不够清新的呼吸

或许再蹩脚的凝视
也是眼泪
如果能停留
都是因为经过了你的梦

如果是午后1点钟之后的光景
如果是白日梦
黄色的阳光会从西边一排窗户进来
像一根竹笛,将在我身上的抚摸吹奏成一支乐曲
单调而又丰满,在心灵空间里萦绕

人生太漫长,有做不完的梦
我希望你能吃能睡,不再柔肠百结
最好还能再胖一点
如果我对你微笑,述说温柔的往事
你就在自己的国度里,礼貌地颔首

## 有时，普通的日子也那么艰难

多情者多艰
寡情者少难
这是一名法官
留在判决书里的文字

磁核共振出来了
老母亲肾上有疾
这是一名好友
中午的唏嘘来电

这是这年代的家书
这是我们这个年龄人的相册
有时确实活得艰难
种种外部的压力
内心自我的困惑
呼吸都那么困难

慢慢地
喜欢在喧嚣之中保持沉默
喜欢在众人之外
孤独着
有时
普通的日子
也那么艰难

## 我想用刺痛，描述秋天和模糊的欢快

阳光不见了
看向窗外的雨
慵懒地坐着
不想说话
把自己
整个放进这下雨的黄昏

夜色渐渐加重
凉意蔓延着
落到酒盅里
好像也温暖了许多
但是
哪怕拿记忆下酒
疼痛都不会被怜悯

秋天的夜空
犹如阔无边深无底的裂缝
左手捧着诗

右手提着酒
但是欢快
总是那么轻
仿佛一阵风
就会把她吹到远方

## 我想，那时我找到了答案

如果我有一次失忆
那肯定是世界从我这儿拿走了什么
那年秋天，我带着半颗心
走向远方
去寻找另外半颗

每个前方
都是被眺望固定的尽头
飞鸟聚集成群
盘旋于空，快速地升向高处
高阳性血氧的藏民
用夕阳引来夜晚

我回忆起那个旧皮箱的
颜色和搭扣
毛边磨损
手摸上去怪怪的
一些日子里拎着它走过

我记得放进去短裤、衬衣
整整齐齐,像新买来的
为了某次旅行
总是站在原地
漫长地等待

白天是为了发现美,
而黑夜只是为了爱

尘世烦忧
我看着龙舟头,看着那健硕的女鼓手
我想慢下来
我愿意安静一些
看那秋风中的万紫千红
看那不起眼的黑与白
看那丰乳肥臀

这朴素至真的原生态的美
请把我的日子填满吧
谁看见了我,我就是她的了
我不稀罕什么绚丽
我只想过简单的生活

我想象
让心中总有个空荡荡的地方
什么也不种,就让它荒着

倘若它自己长出了什么
我就欢喜它

我想安详地
对心爱者
谈起爱
我想从容地
向爱恋者
说到爱恋

## 夜晚,枕在记忆的花海里沉睡

夜晚的意义
在于成为形式
我却独自无眠

这夜晚的夜晚
总是给我民国往事中的情人
给我许多口袋和抽屉
——收藏
那些过往的忧愁
和欢喜

这夜晚的夜晚的夜晚
我知道你一直在聆听
如果一定要有忧伤
那就告诉你,我的忧伤
那就告诉你,我还在长大的梦想
只不过是朝着童年的方向

孤独

枕在记忆里

将白昼的头颅

倚靠在夜晚的肩膀上

这是梦

每天交给我的

差事

## 你若要远走，请记得顺手带一个初识给我

秋将尽，冬欲来
露结为霜
情结为爱
这是官报今天的燃情文字
久而久之，都习惯了这样

但是
普通人的日子
平凡不会被经常更新
雨、干草和树木融入空气
气息依旧

一早赶车
冷风穿过敞开的车
窗外一个个村庄报名而来
一架收割机呻吟着工作到清晨
泄出的种子穿过朝霞的光芒

昨夜有梦
梦到一个期限
你给的期限
我怕梦醒时无法承受
你的情深

今晨有霜
在黑暗中把胯伸向树木
你在下方,像海螺一样呼吸
你要的
是岁月精华

我的另一个我
沿着你的时间
悄悄返回自己
走得太快
有时都走到了自己的前方

这世界总有到不了的远方
给我爱情,我就爱它
犹如给我花,我就香
给我秋天,我就明亮
给我初识,我就放在心上

## 这个下午，我开始人生总结

我对人生的总结肯定比不上我的父亲
他已经半退休
他向我转述过四十多年的生活之道

其间论及流水，他说流水
虽然不可能快过行船
但乘船人
永远在天堂迟到

其间论及时间，他说时间
风淡云清
但日子不会变轻
大山的石头不会变轻，山间奔跑的兔子不会变轻

其间论及动物，他说动物
几只猫头鹰，站在树上
夸耀着各自的说话能力
不远处，有位猎人正端着一把枪

其间论及人，他说人
我们的出生和死亡是轻松时刻
如同睡眠，如同吃和喝
是挣扎让我们跌跌撞撞

其间论及人与人，他说人们
这是一个从我到你的旅程
这是一个从你到我的旅程
看那床上已经堆满睡眠填充的容忍
是生而相伴的欲望
标划出我们的流年
奠定我们的苦难

床上有时太温暖
必须挣扎着离开
这是他替我当下的人生总结
写的序

## 秋天的凉,我重回爱的怀抱

对我用心的女人,我总是泪如泉涌
我不用我的眼泪
麻烦她
事实上我已经忘了
如何哭泣

我真希望能让她了解
我向她建议的生活有多么充实
也希望能让她体会
精神生活有多么美妙
体验有多么丰富
没人可以设限

这是比生命更强大的爱情
我把光阴嫁给了爱情
如同树叶上快乐精巧的色泽
玻璃上的光彩
一场雨后
亚光的悸动

这是无与伦比的
有生命质地的爱情
不需求未来的爱情
来自过去的现在
比生命更强大的爱情
失而复得

我希望自己是这样的人
因有用而令某些人需要
因有趣而令某些人喜欢
却因某些无用无趣的方面
被某个人爱

## 我付费,来目睹
## 清晨五时许的浦江

我又做到了
五时许
毫无征兆地醒来
听说同一座城市有人也是这样
每天做到一次

星星是种子
还在天空呻吟
时间与自己的影子下棋
赢者,输;而输者,赢
星座变成了女人
我不信星座,我信你

岁月相似,时光重复
当黑夜的眼帘合拢
是重返大地的黎明
江面倒映着高耸的楼影
我想酿一座小山

使男人们睁开了眼睛
看到树叶和江水
读懂长短和曲直的哲学

清晨把纯洁的面容俯向鱼与江鸟
每一阵秋风都能背诵
时光的名字
人人都需要秋天
哪怕一无所有

在冬天来临之前
让我们一起攒够温暖

## 一天,有时路过的就是人生

每个拥抱都是一次悲伤
越过父亲的肩头,我又看到他的疼痛
看到还未发生的
难过的以后

我以为坚强可以减少痛点
我曾以为这就是解开生活的那个良方
以为我可以在咬紧牙关中
以默念祈祷来缓释他的疼痛
我身后尽是这样的句子
每个都曾被误作答案

我以为时间可以增加淡然
但是亲情好像有很多的分身
每一个离开我
我都承受一次疼痛
我好像已经承受很多这样的离去

年迈的父母
一早又回家乡了
异地求医的父亲,失望而去
昨夜,他痼疾疼痛难忍
一夜静坐于我的客厅沙发

## 沿着时间的时间，
## 悄悄返回各自的自己

过去的一切个个都不敢回首
一张枯叶
一弯残月
花朵们知道
时光静守的秘密

日月在生命上编织着
一张童话的网
每个家庭的生活，悲欢自知
有时，过一天
就好比过一生

缘起一只坐垫
一个尚懵懂的男孩
他说他脚疼
老师笑他娇气
其实那是绝症侵蚀着他的身体

痛楚就是这样
总来得那么突然
留给人们反应的时间,都那么仓促
再高明的医学权威,再先进的治疗手段
都治愈不了那孩子的疾病
这个医学权威,我指的是他的父亲

那年那个孩子十七岁
生活如此冷酷
苦难那么深重
很多时候
连孩子都不放过

你若心中有爱，
生活哪里都有期待


我就站在这里
守候希望
就像秋冬等待春夏
我始终站在那里
守候

就像来生等待前世
中间隔着一段当下
反正秋天来了
满山红红地等你
不张扬不悲情
反正夏天走了
我都还在等你

等你的
还有候鸟
充满迷恋而又神秘

斑马也在等你
没有了伴儿
怎能独自去远方的水草地

## 我说，人生那交织的三味

我说
苦是甜的孪生姐妹
苦能提神
苦者首推苦瓜
苦味属寒，泄降心火
卧薪尝胆
那是古人智慧中的孤例

我说
臭是香喷喷的反高潮
对于臭的理解与分歧，是文化震撼的一部分
榴梿的臭是善意的
大抵是阻止别人分杯羹

我说
辣是笔糊涂账
是致瘾的错觉
花椒麻

更像一种痛感遇上天然止痛剂
有时,突然产生反思与自我怀疑

我说
爱就是苦臭辣

## 给我回应的,不病一场就足够

喧嚣的时间越来越少
我在老去
世俗的种种就像筛子
把生活分成细腻和粗粝各一半

不期而至的是雨水
晒干和晒黑我们的是太阳
无情的喜鹊、乌鸦会啄去我们的眼珠儿
把胡须和眉毛肆意拔光

世界任何时候都在摇晃
风向忽东忽西
随意变化交错
不停地
把我们吹得忽右忽左

心软的人生不快乐
别人伤害或伤害别人
都让自己在心里病一场

## 午睡醒来,擦擦桌上的口水

秋雨,在南方的十月弹了一个上午
我从白日梦中醒来,虚持紫砂壶
呼吸沉入阴暗,堆积的书
一个秋天一本诗书
还保持着纸的厚度和词的秘密

三十层外传来呼啸的楼间风
持续而急促,像一封记忆的电报
对应于陈旧时光的孤悬的雨滴
不知何时弄湿了耳际
不知何时淋潮了口角

其实什么也听不清:轮渡笛声、梦呓、绿地的眼睛
其实一场十月的雨
只是滑过尤克里里琴弦微凉的指痕
落在有情人的内心里
化成不同情绪的泪滴

雨渐渐地慢下来了
口水滴到地上长到 1 秒钟的光景
低鸣的货船，男女声的此起彼伏，与时间的白骨
在雨的褶皱里，梦的白马仍在熟睡

在叫醒的时钟中
她朝我的脸喷着热气
她翘起的足尖镶嵌着街巷修缮的沙砾

## 让所有来路拥抱归途

世间纷繁,你需要的是
给自己一片沉静
一种质朴
一次询问
以心绪换心绪
倾诉那些无处倾诉的烦扰

人生少欢,你需要的是
丢却人间事
尽力后,不强求
流泪后,不悲伤
重获清澈的骨骼
安置那些无处摆放的杂思

路过时光
人生就是
一首诗、一段文、一段谱
好好的
关照内心的自己

## 你生来有翼,为何总是匍匐前行

我们来说说——尘埃
每一粒尘埃
她的一生
皆有神秘的命运,也有她的骄傲
她以微微的方式,讲述属于她的一生

我们来说说——你
你的眼周肌周围
已有皱纹、黑眼圈、眼袋
泪沟已在你曾经弹性十足的脸庞
留下斑痕
留下往事

我们来说说——凡人的灵魂
我们甚至避开
自己的耳目
让想象力
无声地诉说

让精神
统治着世界

我们来说说——未来
让我们远离
所有油腔滑调的人
不让虚情假意控制着我们的话语
我们只说出内心期望的话语
让我们的手脚
感知自己每一次内心的跳动

我们也可以说说——沉默
我们不说话
我们沉默
我们安静
跟随内心的指引
一个人或与你一起,想象美好

## 对面新楼,窗户上有很多白叉

南巷里,管道疏通
道路两侧,席地坐着外地工人
白色快餐盒里,每人一只小鸡腿
很多人最后才舍得食用
他们远方的父母,或者弓着背
还在病床上呻吟

东街上,马路维修
一顶顶工程帽下,一张张苍老的脸、一双双粗糙的手
辛勤劳作的远方
他们的孩子,或者正在苹果电脑上
不分昼夜地打着游戏

过马路时
斜前方,两座连体新楼拔地而起
午餐时分
临时建筑电梯不停地上下
安装玻璃窗户的工人,伸出好多双手
橘黄色的阳光下,所有窗户上都画有一个白色的叉

## 我害怕沉默的早晨，
## 有人搬来各种人生

昨夜机洗的工作服
今晨未干
我穿上它
自己晾成晒衣架
一个人时
总把自己摆成成熟的样子

小区看门的老保安
偷偷扭着胯
扭成一个"大"字
他低下头
装着看不见我
他肯定在想：他有没有
看到我刚才的"大"字样子

街角一个中年人
俯下身
拿着面盆，用力在洗涮

有毛巾、袜子
还有内衣
盆里泛着肥皂泡的样子

路上一个戴耳机的女人
在电话里大声说:你要管他
他男不男、女不女,这样可不行
她语气急促
她脚步匆匆
嘴角已有鱼尾纹的样子

这就是
初冬的清晨,风不算大
我已写完两首自己的诗
我还未吃早餐
我在一直行走,坚持把自己
走成一个"人"字的样子

## 怎样才能住在你心里,不被忘记

我要怎样打量与成全,才能住在你心里?

我给你败落的街道、告别的落日、残缺的月亮
我给你久久地望着孤月的人的孤单
我给你我的陋书中所能蕴含的一切悟力,以及我生活中所能
　　有的男子汉气概和幽默感

我给你一个有过信仰的人的忠诚
我给你我努力保全的我自己的核心——不营字造句,不和梦
　　交易,不被时间、欢乐和逆境触动的核心
我给你早在你出生多年前的一个傍晚看到的一朵红玫瑰的
　　记忆

我给你关于你生命的诠释
关于你自己的理论,你的真实而惊人的存在
我给你我的悲伤、我的害怕、我的饥渴
以及我试图用困惑、危险、眼泪来打动你的真心

## 那个他或她，请把柴米油盐
## 过成自己深情的诗词

又到冬天了，让我们在毯子里相拥
别埋怨冬天的苍白无趣
请多一颗淡泊的心
请深情对待身边的人
眼前的事是深情的
精神天地是广大的
请用美的眼光
触摸周遭的一切

又到伤心时分，让我们执手相伴于世事沉浮
那些结果似乎早已注定的，大多与我们无关
人生的精彩离不开境界、情怀和胸襟三味
请在平常的日子里与月光对酌，微醺而饭
请用柴火煎茶，请在黄昏煮粥
请临沧浪赏月，请听涛声汩汩
请把清贫化酒
过自己想要的人生

昨夜你梦到了谁
又不小心闯入了谁的梦
请记得把布衣蔬食的庸常
过成有美相伴的人生
那个他或她，有请你品人生乐事
那个他或她，有请你赏世间美意

## 暖场已过,让我们开始本次的表演

上一个星期
我抱着一本庞大的书
不想看
身边空洞无物的剧本

什么是秋天正确的打开方式
少妇们的
在蒸煮中
在杧果捞里
少女们的
在筷子的交错间
少男们的
在被满城枫叶包裹的大千世界

什么是被温柔包围起来的感觉
如果剥离一切外在因素
我想我说、你知、别人不懂
才算是提纯的情谊

才是温柔乡

什么是支撑我们生活在这个世界的勇气
工作在等着我们
我们要迟到了
其实,有个约会的理由
已经足够

就这样
每次觉得生活离得太近
我就选择虚度它
这并非是我的独家发明
你也是那个独角兽
或者,你走在成为独角兽的路上

就这样
好好的暖场,善待所有
然后停下手头的工作
看那些因果循环
给我所珍惜的留下更多余地
并保有沉默、静止的时刻

## 许多时候,生活都不是表里如一

晨读,看到第六产业与工业6.0时代
细思极恐
各种黑科技好像都有毒
比这更糟的
是被技术绑架

一早,如人所愿换了新腰带
细思极恐
牛皮带与牛皮鞋都不是牛皮的
原来
牛皮都让人拿去吹了

昨夜,老友母亲取掉一个肾
细思极恐
芸芸众生几乎都认识不到本身的必死性
而且
也无力赴死

没有出场的,请举手
读过我诗歌的,请伸手
我在阳光里放声大笑
我送你秋天干枯的树枝,你要埋单
因为树枝里孕育春天的花朵
我:
天是秋天的天,风却不是秋风的风

想象和智慧
百看不厌

从明天起
我不再思考
不做风中的芦苇
不去惹上帝发笑
只这样静静地活着
享受快逝去的秋天

## 骨子里我是喜欢流浪的,
## 我常常把眼前想象成远方

时间流逝的目的只有一个
那就是让感觉和思想
稳定下来,成熟起来
摆脱一切急躁
或者须臾的偶然变化

我闭着眼睛往右边一看
看到我自己端着酒杯
给我自己敬酒
世界就是我的瞳孔
我释放什么
世界反射给我的就是什么

我把爱的情谊捧在手中
月光带来的并不只是光明
也能看到比人类还古老的黑夜
没有星星的夜晚,我用灯火照亮你
在冷风中,我颤抖了两次
一次是为了你,另一次还是为了你

## 星星彼此陌生,有如我们人类

红叶李的烂漫属于春天
在深秋,在霜降之后
我不知道
眼前这些零星而又小心翼翼的花朵
是对春天的怀念,还是对来年的期待

人们生来彷徨,每天的事情都排得满满的
在另一个时空里眺望宇宙,
我承认我无法描述宇宙的样子
我不知道
这种合群
是充实,还是一种更强烈的空虚

寒风呼啸
声音中带着一股汹涌的力量
但那些灯火
依旧安静而明亮
如此刻我的内心

## 以后做粥,煮一锅白开水就足够

四季,就是生活的事
生活,就是那些平常的问答
问答,就是生活和四季

我妈说粥里面不要放花生,我大姐不放了
我妈说粥里面不要放薏米,我二姐便不放了
我妈说粥里面不要放芡实,我三姐也不放了
我妈说粥里面可以放点红枣,可是家里没有红枣了
我妈说白米粥不好吃,我开心地笑了

我说以后家里做粥
煮一锅白开水就足够了

## 可能有些颓废,秋天却更见风骨

白天是色彩斑斓的水泡
漂浮在深不可测的黑夜的水面
这是太阳的智慧

花让你欣赏了
果实却与你无关
这是植物的智慧

一切都是由语言创造的
无法表达的沉默到底
这是人的智慧

## 我在城市里不停地行走，
## 直到除我之外空无一人

每天，我都要在城市里不停地行走
这是我唯一能做的事
十七年前，我患上一种奇怪的病
身体像风干了一样，枯瘦、僵硬

后来，我不能坐
不能蹲
得始终保持站立的姿势
不断迈动双脚，保持身体的平衡

再后来，我晃来晃去的身影
引起了人们的共愤
他们聚集到院子里商议
将我赶出了院门

十七年来，我不停地行走
走着吃饭，走着睡觉
我的腿脚已经像石头一样

坚硬冰凉

有一天,我穿过一条狭长的小巷来到大街
竟然一个人也没看到
起初,我并没觉得有什么异常
直到继续走完另外三条大街
才发现除我之外
整个城市已空无一人

## 我那时喜欢的黄昏、荒郊和忧伤

那时
傍晚时分
我经常会爬到一个长满野草的土堆上
向太阳落下去的地方
远远地眺望

那时
傍晚时分
总有个女孩问我是不是失恋了
我说我还没恋爱呢
她非常肯定地看着我说
你一定是精神恋爱了

那时的夜晚
回忆起来好悲伤
我和空气说话
和不在场的姑娘说话
我是个先天哑巴
有时候说话是为了伪装

## 为什么过去的人,总是那么气闲神定

做梦就是这样
一切都像真的一般
一早醒来,看到可疑的雾霾
我四处问:谁在吸烟

最近,诗歌成为我的新庞
有国学大师说:是新宠不是新庞
从昨天晚上始,我为新宠绞尽脑汁
终于想出开头一句
早餐吃了一碗同福居面条
又忘了

刚刚,生活情趣像钱塘大潮涌动
我拿起水果刀,砍向芝士
竟然差点儿把大拇指切掉
好在还有食指
像诗人用食指写的诗名
一样可以相信未来

以前，中学老师说哲学是让人变得聪明的学问
我先天愚笨
又想变得聪明
我就学习唯物主义
学习辩证法
最后却差点儿精神分裂

这个世界看上去很热闹
但许多时候
实际上只有你一个人
这世界是你一个人的舞台
明天我将沉默
沉默是我最好的表达

## 他在不老的时光里,健步如飞

清晨时分,我又看到那个不停行走的人
十年前
我就在这座城市看到了他
他在路边
大步疾走

最初,我以为他是个暴走族
他光亮的脑袋,又让我猜想他是个生物学家
他每天在白塔东路上,不停地行走
有的时候,他也会停下来
站在两棵行道树的中央

今天,他出现在现代大道上
他的样子与十年前,没有变化
他看着我
他的脸上挂着同样的微笑
他是这个世界上最快乐的人

他是个傻子

他是自然之子
能够在不老的时光里
永远健步如飞

## 空间里的时间,时间里的空间

冬意凉
你想怒发冲冠
连帽子都买好了
可你的头上没有一根头发

你以为秋天与你有关
然而秋天来了
秋天又走了

可你还是原来的样子
你说你听到了夏天的蛙鸣
全世界的人都不相信
他们宁可相信
宇宙之外还有生命

心头的落寞突然出现
又瞬间消失
像春天瞬息绽放的花朵
又像划过身体的闪电

## 是不是没有说出的疑问，
## 才是真正的问题

这是城市里的城市
人们活着，还是死了
这个疑问你始终没有说出，那是真正的疑问

上帝创造了人类
人类已经活了两万年
那么人类会不会是上帝他爹的爹呢

我右腿贴着膏药
左腿却过敏了
这是爱因斯坦的相对论吗

夜晚的世界如此奇怪
突然，一架飞机轰隆一声
从我头顶飞过

## 因与果在风中

我在风中去了远方
一襟斜阳
遍地故乡

因是一盏已经打开的灯
你去问一条灯下的鱼
鱼在水里
仰望夜空
分不清哪是灯火,哪是星光

果是夜晚不见树叶摇曳的风
我吹着风,做着梦
我把左脚伸到窗外
天使降临的时候
问我右脚去哪里了

我的头发越来越少
眉毛越来越长

我撩起眉毛

清楚看到

一根羽毛从天空飘过

## 即使只有一根头发,也要披头散发

黑暗就这样渗透进白天
月亮升起来
哪怕今天是重阳节
它也照亮不了什么
被收割的土地将继续沉睡

时间是白天与黑夜交替的斑马线
我们像风一样,从上面呼啸而过
没有如歌如泣的行板
所谓此岸
即为彼岸

我以为
你是一个连银河系都找不到的人
出现在我身边
我得坐下来
想想自己在宇宙中的方位

你是正常人,你有可能变成疯子
我是个疯子,我不可能再变成疯子
你说你的人生稳如泰山
让我想象一下
你小腿比大腿还粗的样子

这世上没有无缘无故
也很少有不期而遇
但真爱沁心入肺
只有那些和自己过不去的人
才会不快乐

## 难得一人心，一往情深

现代人的生活
极像一些贝壳，外表硬实
总是紧紧闭着，不肯打开
因为里面太柔软
怕受伤

现代人的爱情
有趣的肉体
随处可见
而愿意磨合的灵魂
少之又少

愿一切有爱的人
勇敢爱着
从不回头
在与理性永恒的冲突中
不会失手

## 未经自己喜欢的人生不值得过

每张脸上，或闭或合
眼睛都不可复制
用骄傲对待骄傲的前额
用善良对待善良的心肠
用心相拥

每个人生，或空或满
都是一只杯子
从小就被他人盛满了水
自己从未主动去选择过
你得主动去换水

每种幸福，或轻或重
都是一本未来的皇历
每翻开新的一页
总能感到灵魂
为之一震

## 对面阳台,有人在晒床

对面的阳台
少了床单被褥
伸出一张钢丝床
有人在晒床
秋阳敞亮地照着床

楼下的小院
缀满葡萄藤蔓
有熟味透进果实的心中
老树背负着苹果
像老汉驮着花房姑娘

当我老了
还在这个老屋
在自己的阳台
我想伸出鸟笼,晒鸟儿
让鸟儿与月光尽情歌唱

## 我不说话,悄悄地去街口吃饺子

有时候太急了
而事情本就不是
你想象的那个模样

妈妈经常去的点心店前
有昨天留下的爆竹
招牌上多了特色饺子
又是老字号
我悄悄呼吸
去巷子口吃了饺子

店铺前后
豆浆冒起了热气
糖水芋艿圆圆的
鸡头米黄黄的
冬天来了
像画里的风景

微信里外
一个女友人患了抑郁症
听说,她已开始流浪异乡
当年,她的名字写得特别好看
一个男同学看破红尘
听说,他已到普贤寺出家
当年,他才华横溢

## 他有那么那么多钱，
## 却连一个爱的人都没有

珍惜眼前的
看得见的
小小的
一丁点儿的梦想
这是诱惑丛生的世界里
唯一可以抓住的真实

在茫茫人海中
他险中求生，一次又一次靠岸
走得很辛苦
赚了很多很多的金钱
他以为赚了好多好多金钱
就能有很好很好的人生

他想给老人一个安定的晚年
他想给孩子学区房和兴趣班
他想得很多
可是人生啊人生

光是想一想
都有泪掉下来

平凡的人生
从千帆开始
就再没有初心
有时
已不再会爱
或者,连一个可以爱的人都没有

## 人生的竞技场中，
## 只有半明半暗的荣光

是不是到了深秋
悲伤已习惯在枝头间跳跃
好多心跳到了天花板
步步退缩
寒冷落下后，穿过我们
就像一个冰冷、聪明的上帝

是不是到了深秋
很多人学会了悠长地吟诗
选择那些艰难的门洞
把坚强结成霜
在长长的月影里
让眼中所有其他空间一文不值

一半的一半，半明半暗
普通的一生，一分为二
一半的荣光
好的人生

前半生与后半生握在一起
前半生不踌躇
后半生不悲伤

## 让那些未知的,在你心里闪光

昼的夜,冬的春
那些似乎重复的日子
其实都别有意蕴,滋味绵长

小羊羔与世无争
从不因为有狼的穿行
而减少对草原的热爱
玉兔在稀泥里打滚
也不为讨人欢心
而改变自己的模样

短嘴鸭不羡慕斑点狗在岸上蹦跳
它只是喜欢水
长颈鹿也不想学鸟儿飞到树上
它有长长的脖子
可以够到天堂的树叶

一切活生生的生物
应该自由自在地
按照自己的方式存在
庞大的不傲慢，微小的不自卑
一如生老病死
不慌不忙

这世上的万物
圆满或者残缺
悠长或者短暂
你该知道
枯枝败叶也是生命的常态

## 那些看似普通的事，却美好如诗

如果我敢
和自己说话
是因为自己的影子
如此轻柔地
与我的名字相结

如果我敢
和过去对视
是因为有一本书
邀请自己
遨游漂泊的远方

人生无常
无论贵贱的生命
都梦想着平静、童年、杜鹃花
正如所有平静的人生
都幻想美酒、音乐和醉生梦死

远在远方的冷风
比远方更远、更冷
有个身患重症的男孩
他想周一到学校上课
今年，他读高三

## 地球是圆的,而看似是终点的地方可能也只是起点

当一天
风是完美的
帆只需要开启,世界就充满美感
今天正是这样的
一天

有时你不在山前
不和我在一起,也不在我心间
你已溶解在山间的云雾里
委身于紫色的景观
激动的心在另一颗激动的心上边

当一天
风完美的一天
帆只需要扬起,爱就开始启动
今天正是这样的
一天

我的身体是你给的，
你是一百只眼睛的水面
是一千只手臂的风景
鲜活的心和发光的球体一样
青铜的结在哭泣中软化

微风进入灵魂
你用巨大的温柔抚爱我
手臂在我身边舞动
地球是圆的
每个看似是终点的地方
可能也只是起点

## 秋风渐紧,散步时与上帝相遇

在渐凉的秋风里
我们谈论一个关于春天的话题
你想它是辽阔的
它便是辽阔的

你说
仅仅是因一段旋律
突然之间,有点儿想念春天
你讲得极缓慢而清晰
仿佛说出的每个字都要花掉你的钱

你说
真正的诗人
一辈子只写一首诗
写他自己
写他的爱

你说
真正的段子手

一辈子只说一个段子
说他自己
说他的明天

## 运气不好的人,都缺一次旅行

你我好几次说起要远走他乡
不再流连于江南街巷

在冬季,你总说要带我去北方钓鱼
你说你曾钓到过最大的鱼
足足有好几十斤重,震惊了整个松花江畔的人
你说我们可以去钓上各种各样的鱼
大的你可以为我做成美味
小的我们喂流浪猫

一晃一年过去了,可我们哪儿也没去
可能是我运气不好
没去远行,也没去冰封的江河钓鱼
给你买的渔具被我放在阳台的抽屉里
它们就像是要留给梦想的礼物
我们总是说着,在未来……

后来,我们在照片上面出现
你脸上写满了羞涩,穿花衬衫,利落的发型

我穿着民国中山装
可是我们却真的像是
从未受过伤痛的新人

## 我是落在你手里的一粒灰尘

一粒灰尘伏在你的肩头痛哭
你伸出手
像是抚慰,其实你是
掸掉它

一粒灰尘咬咬牙
换一种姿势在人群里飞
一粒灰尘跟随一群灰尘飞
看上去它没什么两样

一粒尘埃伸伸懒腰
在一本书里熟睡
就会在另一本书里醒来

## 你相信吗,鸟儿也会喝醉酒

古镇
是现代人的古镇
一人少了沙发,一人多了古董
它们只是还没找到彼此而已

你不必理解这些
这些变得平常
搜集和积攒传统
对现在意义不大
如同,孩子们悄悄将花朵从发中摘下
花朵曾这般喜欢被拘禁在头发里面
他们伸出双手
伸向新的、可爱的年轻岁月

希望你会喜欢这杯当代的酒
希望你一并喜欢这个当代的酒杯

## 有流水的地方,总会滋生种种思念

困顿的人们辛苦了
如果可以
请给他们双份的早餐
双份的爱

恋爱中的人们疲倦了
如果可以
请留住他们的青春
不用他们分辨那是不是爱

成熟的人们越长大越孤单了
如果可以
请让他们重拾童趣
不让他们静下来啃噬寂寞

聪敏的人们真诚指数渐渐减分
如果可以
请告诉他们一个秘密
只有你先是花朵
世界才是花园

## 昼长夜短，可你却越睡越晚

夜的声音，在你的脚下划出
在梦的故乡的人
不要抱怨
自己是一个没有对象可以倾诉的人

白天，去市里和街上走一通
看看云，看看各个面孔
你所看到的一切
都是你的造型，你自己的作品
是你的梦境
靠你的呼吸存在下去

你是一个善良的人
但倘若沉寂地融进沉默
疑惑的虫子就会爬上了自己信仰
在脚下的步子中
遂踩不出率真的种子

## 深爱一个人,已藏在灵魂里

这夜晚的诗意,叫人情不自已
我把她移植在我的心房里
开花生枝
花叶的奥义让你品尝

这诗意可是一个有生命的物体
在自身体内分为两个
她可是孪生
她可是两个合在一起

你不要把她看成一个问题
别回答这样的问题
别索要答案
她的答案就躲在问题里

来此世间一趟
问与答,累得够呛
你不觉得在我的诗歌里
我是我,也是我和你

## 你和我说话,用的是相互的呼吸

路过穿粉红衬衫男子的胳膊
路过八字的细长腿
路过垃圾桶上的秋海棠
你我又坐在这里时
我把喜悦洒在你的面前

你的脸把欣慰铸成钱,并打上了印记
经过这番铸造,欣慰就成了有价值的东西
因为它这样
怀着你的模样

当话语滴下
那个或远或近的你,也掉落在其中
一个地球,一个世界
就靠这种默契成长着

临告别时
我摔倒了,变得矮小了

你的和我的一起,融化了
世界,在你的视线中,去了我的夜晚

有时浮生就是那么简单
就是不卷起浪的波
就是在你手臂中的瞌睡
秋天的风儿
也找不见它的先例来示范

## 世界再大，与你无关

你活在更远的地方，在世界之外
在你忧伤的时候，天空会给你安慰
但忧伤不能太多，天空的安慰会不够

秋风里，你的世界再喧闹
也一定会安静与空旷
因为
秋天的光线没有深浅之分
秋风不温暖也不湿润，就像动物的呼吸

夜凉如水
你要不争不斗地与别人相处
你要不慌不忙地与自己相处
你要好好活着
你不要出人头地

## 我想做个艺术家，
## 掌握沉默的艺术

城市里空无一人
天快要黑了
我不要回家
我要进山，做山中老人
一个人在那里生活

我想摆脱自身的阴影
阴影在黑暗里会让人
更加捉摸不定
虽然那不过是——自欺欺人

我想做个艺术家
掌握沉默的艺术
比掌握说话的艺术
要困难得多

你要找的不是脚下的路，
而是潜藏在路面下的暗流

天真的很凉了
裹一条毛毯
窝在沙发里看书
忽然觉得外面大雪纷飞

渴望自由的感情是这样强烈和无所顾忌
它不禁使我浑身战栗
但咄咄逼人的孤独
已不再让我难受

平凡世界里
黑暗触手可及
我突然想起夕阳下
一大片白色的芦花

## 爱过是不够的，爱着才好

我深入森林又撬开木屋
你高大起来
端坐在木屋的中央
完完整整清清洁洁地喂养我童年的白马

我不想再忙碌
不想再思想
不想理解需要理解的东西
我不试图转移
不想抓住
那拉你推你的力量

那些爱我和不爱我的事物以及
另一些爱我和不爱我的事物
与喜欢的一切在一起
白鸟儿盘旋在我头顶
堆砌白云的圣洁
静静地栖息

那些随白马眺见仙鹤的羽毛

飘洒于冬季的雪花,抒写火塘冬夜的故事

我喝尽恋人碗里的米酒

择太阳方位,清点黄昏

斜依一首木叶包裹的山歌

悄悄落泪,睁眼入睡

## 越来越胖的秋天,越来越瘦的思想

来来往往的秋天
即便是种花得草,也是秋天的收获
这间秋天的房子我去过多次
有时,不是肉身去
而是灵魂赴约

最牛的诗人跑到海边
真正成为湿人
这道思想的门我曾进去过
有时,一个念头就是一把智慧的钥匙
但许多暗门很难打开

秋天越来越胖
思想越来越瘦
我不想引起任何人的注意
通常我会在黎明时分离开肉身
只有一次我去时
有人或有灵魂醒着

## 我欠清晨一次清醒,等在东昌路口

我躺在加油站和洒水车的油水交融中
耳聋中,我仍听见隔壁哑巴的嘶喊
倦于正面人声,我把脸埋向床单
独享秋天的体味嗡嗡着渗进嘴里
我感觉有地板剧烈震动
有双手抓住我的脚掌,我仍被震了出去,
　　又被地球引力吸回席梦思
我想问问红掌但周围一片寂静
万圣节黑天鹅起浮在涟漪里
遥远纽约传来8人倒在卡车下
我突然对死亡产生恐惧
下意识地擦擦床下的罗盘

瘫子在巷口巷尾摇摆不定地走过
听到逐年耗损的声息
人们都老了
我心内喧哗
刺透窗户玻璃求救

一只花猫在我的镜头下
背对刻有花坊名字的红砖墙
它拒绝的姿态让几里外的巨幅广告难堪

有一布衫女子手提半桶沉思为我指路
我问我,我以前来过这里吗
我知我对陈旧事物总莫名地怀有深情
汽车笛声时时响起
992路应在路口穿过世纪的相遇
我突然变成一条翻着白眼的鱼
是清晨拍晕了我
我尝试了所有方式来清醒
却均以苦笑收场

## 念着一个名字，
## 等在相遇的路口或远方

昨夜，我挽着无声的浪漫
静倚在秋夜的一抹月色里
泛起经年的涟漪
将过往的温柔摇曳在温馨的浦江里
总有一程温暖
陪伴着那个身影
我把一个名字写进一笺醉人的文字
揉进我温情的梦里

清晨，我握着似梦飞花
阳光尽情挥洒斑斓的色彩
在铺开的长天里
画一幅期盼的眸光
我等在相遇的路口
续写一则心灵深处的故事
最美的风景一直不是流年的花开
而是有你的街巷和远方

相爱的季节没有早晚
爱的花期也没有长短
时光总是被岁月悄悄拉长
那是成熟必须经历的过程
掬一捧时光
看它从指缝间流走
常伴一帘烟雨
浅念一世深情

## 随我来,想象你正穿过人群

那是一个初冬的上午
在离城市不远的荒野地带
我站在风中
想象你正穿过人群
竟感觉我十分喜欢这种等待
然而我对自己说
别再建议你如何判断你的选择
岁月是河流,忽阴忽阳
岸上的人不该多语

那是一个初冬的上午
我数着酒店大厅里外的盆景
揣测榕树的年代
看清晨的阳光斜打
一朵冬天的胎菊
那时你正穿过人群
空气中拥挤着
发光的焦虑

我想阻止你，或是
催促你，但我看不见你

那是一个初冬的上午
我坐下摩挲一把茶壶
触及髹漆精致的彩凤双飞翼
和那寓言背后的温暖
满足于我这个年纪的安详
那时你正穿过人群
我发觉门铃的意象曾经
出现在浪漫时期，印在书上
已经考过的那一章
我翻阅最后那几页唯心的结构主义
怀疑我的推理方式是不是适合你
只知道我不能强制你接受我的主观结论
于是决心让你表达你自己

那是一个初冬的上午
我假装快乐，传递着
微热的茶杯
我假装不知道茶凉的时候
那时你正穿过人群
假装那悲哀是未来的世界
直到我在你的哭声中
听到你如何表达了你自己

## 足球输了,那个特别的男人没有眼泪

朝霞投射到我疲软的脸上
为了那个是非缠身的男人
看了一夜球赛
所以,我想在清晨低下身来
亲吻那个老女人的手
我把上等的座位给了她
我想忘掉昨夜那个中年男人的落寞

朝霞投射到我英雄的脸上
我坐车去写字楼
像个旧时代拿着雨伞的英式公务员一样
而那个褒贬不一的忧郁教练
也将继续在我的生活里,活色生香
感激每个人,是因为他们存在且有时还像在微笑这一事实
感激每一片年轻的树叶,因为它们愿意向着太阳敞开
感激那些婴儿,是因为他们仍然愿意来到这个世界
感激老者,是因为他们英雄般地忍受到最后

我满心感激
感激曾经,感激美好
疲软是暗中的,英雄是外露的
像是散落一地的
一种无家可归的爱

## 只要你是善良的，
## 就会持续精神年轻

时间在我的脑海中
秉持着神圣的权力
去干涉尘世间的每一件事务
让山峦崩溃
移动大海，旋转每一颗星辰
却不足以使心灵分离

时间在我的笔墨下
苍老是恶棍所要付出的代价
不要去抱怨
只要你是善良的
就会持续精神年轻

时间在我的讲述里
没有一颗星能燃烧你的剪影
没有一位神灵非得记住你的姓名
为你，我将创造一个清纯的日子
自由得像风，并周而复始
如同绽开的浪花重重

## 佛在心中，香在树上

假如你了解插花时都是单数成束
就懂得一三五七九那是生花，代表着希望
而成双数的那是死花，意味着死亡

假如你已知所有生命本质都是碳水化合物
但有亿万种方式展现自己的自由
那么人生
上半场就应该顺势而为地听命
而下半场应该事在人为地认命

假如你有幸查阅一个人的书架
你就可以确定其是否有深藏的秘密、精彩的往日
和不可预知的未来

## 太多或太少的智慧

妙事之一
是在旱船上,竖起一言堂的船首像
我以旁观者的姿态,立于船首
抵达神圣的尽头
伴随忧伤的风声、水声
和一抹沉思的气息
船舷划破绿色的波浪,溅起飞沫
我愿做一个静时书有痕的人
有一本古老的红楼书和一串手珠
大多时候是孤独的
但一个单纯的人,压根儿没有烦忧

妙事之二
是在十里洋场,俯视一个首席的稻草人
斜插在陆家嘴的绿地上,帽子上落满鸟儿的歌声
我有着一颗高贵的心,有着像农夫女儿一样狡黠的眼睛
与一个王的女人同房,甘心为别人"壁咚"砌墙
四顾无人时,便进行小小的巡游

向可贵的生命致敬
还装出一副若无其事的表情

妙事之三
是在人生路上,做一个健忘的不会怀念的人
青春走了,就不去追忆
用心走梦想,用脚走现实
我年轻过,落魄过,幸福过
却依然对生活一往情深
重要的事,深情的男人说三遍
与你说一遍
与我说一遍
与天地说一遍

## 有关无关的人

有些人来到这个世界，是为了跟这个世界说情话的
比如，南方人以为北方夏天不热
北方人以为南方冬天不冷

有些人来到你的生命里，是自带着情节来的
比如，有些人说好彼此做天使
而有些人只是相互间打喷嚏

还有些人会来到你的未来，是你所处时代的隐喻和缩影
是你人生丰富的提纯方式
鞭打你与未来相遇

你是谁，谁就来到你的世界、你的生命和你的未来
你的品质就是你所有生活习惯的相加
你的眼睛是有分工的，一部分眼睛负责看到光明
一部分眼睛负责看到黑暗
请喜欢光明

我是谁
我又是你的谁
有关
或无关
约上佛陀
做一个花花世界的谦谦伪君子

## 我午睡醒来,擦擦地板上的口水

小巷外,糖水芋艿经过
烤番薯经过,甜酒酿经过
秋天是一所老影院
有人在旁边的小树林里行走
胸口被缝进一些幼虫
依偎的时候,神经没有用
不如换条长裤

书屋里,生活的香蕉皮在移动
人在移动,小姐姐的眼泪在移动
鹿虻扑面,花影定格
线装书是温暖的蒲席
倦怠时,绣一只小莲花般的蝎子
十里紫罗兰换一袍繁星

人生里外,如意难满格
睡梦醒来
擦擦地板上的口水,挥挥手再出发
我们都处在中间
不上不下
一天好
一天坏

## 重负之下,我奋不顾身扑向某种轻

白昼更短了
我把自己撕成更小
在某碎片的快慰中
认识自我
在一块碎片上
固定自己

午后,我频繁做梦
感觉自己在爱岛上
岛的四周是
只有很深的拒绝或很深的厌倦
才能形成的那种蔚蓝

夜渐长
我把夜莺捧在手掌心
昨夜外面吹过一阵冷风
风很轻,但是我颤抖了三次
一次为了风
一次为了冷
一次为了你

## 昨夜，我数了二十五颗星星

昨夜，我数了二十五颗星星
在每颗星星里翻弄光芒
却再也找不回那时的自己和我们
人们把自己藏了起来
只有沉重的肉身，后不见来者
难有香如故

昨夜，我数了二十五颗星星
在每颗星星里寻找骄傲
但已无可避免地步入中年
我像憋住尿一样憋住话语
不张牙舞爪地跟年轻人抢前排，不跟老年人抢后座
不再说功名

世界并不公平
那个"青少年时代的中国"已远去
不是每一代人都可以任性地写诗
然后沉默地老去

用诗歌抵达灵魂,
在这个秋冬与你慢慢分享

半生出走
回首已看不清出发前的码头

等待我的诗歌吧,闭上眼睛
踏进那松软的土地
看那树冠渐密的香樟
看那在草丛间捉迷藏的麻雀蛋,以及迷恋着
　　野蛮生长的花骨小蛇

等待我的诗歌吧,就在这心灵的居室里
静静地坐着
欣赏园中万物的
一呼一吸

等待我的诗歌吧,不要在意谁做了梦的庄周和蝴蝶
去追求与天地并生、物我兼忘的心之自由
黑白点墨是传情达意的狂草
两页书信带来纯粹的快乐

## 如果有爱,那么就随便等待哪一种未来

走在路上等待天空微露的第一缕晨曦
回到老屋等待和老妈一起亲手煮的银耳粥
久无信息时等待的一个不经意的述说
妈妈,她又要去南方远行了

想在心里,享受在默契的微笑中
哪怕一个字,都是多余的
生活在一种期待中,我走在更好的路上
重要性在你的目光中,而非在你所看到的事物上
关键是你的目光,而不是你的所见
她,又要与我分离了

随便等待哪一种未来
抛弃代入感吧
那是思想的一大包袱
忧伤,无非是低落的热情
忧郁,只是消逝了的热诚

# 我从词典中撤退，
## 带着一个遮脸用的偏旁

我从花园撤退,倒拖着蜜蜂的刺
我从词典中撤退,带着一个遮脸用的偏旁
我从友情里撤退,带着很多有歧义的词语

我想从一张地图上撤退,飞机说
蝴蝶飞三圈,发现回去才是真勇敢
我想从一场大病中撤退,医生说
慢点儿,慢点儿,你全身都还在抽丝
我从前半生撤退,居然什么也没来得及带上
我从这个下午撤退,刚起身,就被傍晚退回原地

我想从记忆里撤退
不把自己缠在笨重的木桩上
让自己自由
我想从生活的黑洞里撤退
不爱苦酸
却希望有更苦更酸的味道

## 你是我小面积的痛

孤星冷月
我怕天上少了一颗星星

夜色是故乡的情书
每个人都能指认和珍藏故乡
父亲的故乡在整形中毁容沦陷
我的情书
成了来生书

我的耳朵里住过一个伟大的房客
她的名字叫无声
我唱了一路的歌,却发现无词无曲
我走了很远很远的路,却忘了为何出发

我的心室里有一个眷恋的巢
巢是一个高浓度的爱词
沿着信念筑巢
你会见到那位活生生的故人

选择一座城市
养脚
投奔一种生活
小即美好
你是我小面积的痛

## 人要是没了恻隐之心,空气就痛哭

空荡荡的绿色蔬菜卡车上全是雨水
陆振兴面馆的老板笑嘻嘻揉着一大团面
在这个深秋的雨夜
菜市场里有一股凄风苦雨的味道
面店有一股香味
雨水斜斜地打在绿色卡车的铁笼子上
空气里有一股严重的泥泞味,也有酒香味
热乎乎的酒香味里有一股阴郁不堪的百姓味

流浪猫躲在烤鸭炉膛里向外看
野狗蹄子在平江路中央拼命地蹬起来
它似乎要把整条东北街的泥泞背到自己身上
小乞丐用讨饭碗顶在头上挡雨
他爸爸远走外地至今未归,妈妈改嫁
遇到有恻隐之心的路人
他追着说声"谢谢"

世界越繁
人心越淡
世间欢快来自浅薄
他没有锚，没有根
他的家乡仿佛在远方

## 这么早就回忆了

夜里
微光最迷人
请不要一味点亮黑夜
请修复黑夜

太多的自然原配
被丢弃或典当了
有的或许能赎回来,有的则永远不能
人的悲剧在于
凭借强大的智商、逻辑和麻木
把现实给无理地合理化了

这世间的种种伤逝
提前降临了
像是对清晨的怀念
当我们正在为生活疲于奔命时
生活已经离我们远去

这世界哭声太多
我不懂
我希望这世界在我死去时
比在我出生时要好一些

## 常识还活着,世间还有青春

人间味道有两种
一是草木味,一是荤腥味
年代分两款
一是乡村品格,一是城市品格
心灵分两样
一是素馅,一是荤馅
多闻草木少识人

生活就是一个七天紧接着另一个七天
生活与准备生活
是两回事
我们需要向一个蚂蚁的死去
致敬

生存在当代的截面上
人是唯一会脸红的动物
也是唯一需要脸红的动物
最伟大的人格
捂在农人怀里

## 告别时分到来,我被迫迁徙

就这样过了
维持一颗苹果在静物画里的位置
像一片哽住的乌云
虽然想离去
但从这首诗只能飘进下一首诗里

日月追逐
风吹云走
我们的瞳孔
像一口默默储存岁月的深井
住着一颗只有自己懂的心

旁观者
别自以为你们看到了
别人的孤独
却不知道别人不自觉地看到了你们的孤独

## 没有秋裤的早晨,我选择不说话

当我从睡梦中醒来
窗户玻璃已不见结霜
火炉从它欣赏过的一块木材中
送出了温暖

小河畔,支撑起水面的
除了湖水,还有阳光、花树和浮云
还有偶尔跳跃的鱼
还有那么多陌生人
熟悉的倒映

清晨如此美好
我要曝光一条宠物狗
直直撞入我的眼睛
然后骗吃骗喝,骗了我的早餐
我输给了它的内心戏

## 尘世浮浮沉沉,你过得好吗

你过得好吗
在锈蚀的记忆里
时光固定工作,太阳固定起床
薪水固定衣着饮食
就像以前教科书的规格固定
考试的答案
你还好吗

你过得好吗
在烦躁的当下
是不是看电视特别容易傻笑
躺在双人床上特别容易迷路
红砖路上容易踩伤白日梦
就像以前闯进爱情幽暗的鼠蹊
你还好吗

你过得好吗
在远方的远方中

你的手还是会想触摸那些事
你的脚还是会跨过那些地方
你的喉结还是只周旋某些辞令
你的脸还是越来越像某些讨厌的家伙
就像以前山群在冬天其实也畏冷
你还好吗

你过得好吗
你预支了太多燃烧不得不
熄灭的时刻
你是我过得最好的时光里
最最温暖的一个场景
时间歼灭这个世纪
我也不会忘记
你懂吗

## 我没有快乐可以和你交换

寻一处未知
安心可期
走出家门后
每一段旅程就应被认真对待

捧一片阳光
沏一杯清茶
用清茶
温一缕月色

人一辈子
需要的不多
但想要的很多
愿你知足常乐

## 向左向右走,你没有看错

你没有看错
在海马的世界里
是雄性在孵化受精卵
这是海洋的爱与性

你没有看错
那个基督教的耶稣
是当年整死他的罗马
彻底把他当作唯一的神

你没有看错
追溯人的大脑
左脑感性,右脑理性
唯有冲突是有答案的填空题

你没有看错
一个人不经意改变别人
或者被别人不经意地改变
都没有悬疑
一切都是上天注定

## 用小回答,抵抗大问题的恐惧

溪水的归宿是流向海洋
浪潮却总想着重回土地
在绿树白花的围墙下
我们轻易地挥手道别

你的问题大
我的回答小
大问题会削弱我的意志,我仍然用小回答抵抗恐惧
我拒绝巨大的抽象
我处理、抚摸并热爱着小事物
我让星星们照看整个夜晚

你的问题再大
我也不会大回答
哪怕你的大问题叫嚣着要挤进我的生活
哪怕它们厚颜无耻,高喊着要被接受
哪怕所有的小回答都不被确认

我保护我的灵魂
我坚持我的小回答

## 漫漫人生，谢谢你出现在我的时光里

在尘世中
我想修炼一颗通透的心
你的毛巾，我晒在飘窗
你可能看不上的面条，也是我俩的记忆，我带走了
钥匙放在服务台，房间我请阿姨做了清洁
本来餐厅点了菜，不知道你何时来
后来，我付款，走了

我已经习惯
珍惜时光
时光待我温柔
我希望能在每个旅程与节点，送你哪怕不名贵的礼物
这礼物记着我们走的路、爱的人以及朴素的深情
不知道你已有名贵的衣服
就挂在房间的衣橱里

我已经习惯
接受平庸的生活

接受并爱上它肮脏的街道
它每日的平淡和争吵
我已经习惯
弯腰时撞见
墙根下的几棵青草
让我领略无奈叹息的美妙

我已经习惯
不可能那么私心
委屈你的习惯、你的经历、你的生活
所以,我开始变得不那么坚持
我投入这份爱
感谢你出现在我的时光里

## 不说告别,咖啡在等待一个人

秋天是告别的季节
金黄色的树叶落满大地
怕寒的路人穿上了厚衣裳
人群中,他和她在挥手
在分离

黄昏是告别的时分
像在等一座空城
像一个人在等另一个人
像命运在等待谁的幸存
像爱情在等待谁的作证

咖啡是告别的语言
一杯清咖,安安静静
就这样,坐着不说话
看着你走
直到你不见
然后,再看向那些行人

## 我喜欢秋,秋和我喜欢的一样

室内,红掌上滴着清晨的血液
选择淡淡的青色作为爱情
把纯洁的面容俯向盆中土
掌纹中有太阳和月亮
同枕共眠

室外,缀满枝头的葡萄挂着昨夜的露水
每一粒葡萄都能背诵
夏天的名字
在石榴树中,我喜爱
火焰心中的休憩

午后,我想煮一壶秋阳茶
不在告别里哀伤
不去忧虑远方
不负手中茶
不负心中人

## 靠近我,我将给你南国的温暖和湿润

我第一需要争取的
是时间
最好将日影拉长
让一天长于百年
让我得以在一天之内
守候你
写出所有能写的诗篇

我第二需要争取的
是一片森林
也许我从来不曾去过
但它一直在那里
而且总会在那里
与迷失的人一起迷失
与相逢的人一起相逢

在立冬的日子里,邀约你
靠近我

南国有温暖与湿润
爱恋是照进现实的一道光
在世界与内心间搭起一座桥
成就更加丰盛的我们

## 我不知道哪张脸望着我，
## 当我正在用笔写字

人生是一面镜子
我不知道哪张脸望着我
当我望向镜子里的脸，我恍惚看见你的头发
我反复说自己失去的只是事物虚浮的表面

人生是一支随时间改变的笔
每一个划痕、每一个指纹
都是我留下的岁月痕迹
请原谅我不外借

可是当我想起文字想起面孔
想到假如我能看见你的脸你的心
我就会知道我为何生，为何活
我就会知道我是谁

## 天真,就是期待雨落在熟悉的地方

天上的水落下
像发丝一样落下
羽毛一般
飘过年轻姑娘的双肩

天上的水落下
让水坑和沥青路面
变成嘻哈镜
照见云朵和房屋

天上的水落下
落在我家门前的河里
落在我妈妈身上
和我的头发上

天上的水落下
水落人慵懒
匆忙的日子意味着心灵死亡
天真,就是期待雨落在熟悉的地方

## 我在等你,敏感于纤细的动静

秋天的暖流就像落跑新娘
跑成了雨水

希望你的需要永远压倒你的欲望
希望你讲出你自己独特的故事
包括迷人的,流变的,能充满你相信的世界
希望你有阳光肆意的视角,鲜花冲向窗台,床单,椅子,
　　　所有的被你的空虚和充实填满
希望你抓紧了,因为我已经厌倦了一边精致地放弃,
　　　一边清点日子,我感到悲伤

今夜,我只读这些诗句
这些用音乐和酒浸泡出来的诗句
我已确信你不在身边,时时处处有据可凭:打在白盆子
　　　里的雨,地上零落的树叶……
我知道,即使我读懂了
你还会继续孤单

## 人人需要远方,哪怕一无所有

你知道吗
地球和月亮之间有很长的距离
因为,地球能够亲睹月亮的光辉
他俩便有了定期的约会
似乎满足于永恒的遥远

你知道吗
我的现实最寂寞
是你,把它划开一段距离
失却了永恒的联系
我将世界缩成一个地球仪
寻你

你知道吗
我的愉快来自浅薄
人们不知道我活在表层
看破众生相
生活的一半是无奈
另一半是处理无奈

你知道吗
我想俘虏少白头的赶路人
他正往夜的最深处攒水银
仿佛一个热气球
能听见一同升起与落下的呼吸

我是如此谦卑的一个人
我愿意为你庸俗
我想放弃远方
我想在"双11"那天,把自己"打包"送给你

## 世界是一首诗,每个读者都是知音

我不喜欢尼古丁和酒精
我宁可饿着肚皮
也不让瘾品盛行于一个心灵饥渴的世界

我不喜欢与人相处
我宁可自己度过与自我独处的片刻
自由地触摸自由

我不喜欢和别人说话
我宁可自己抓着自己的头发
腾空而起

我不喜欢看太多书
我宁可削尖了铅笔
书写着自己的浅薄

我还不喜欢做自然的参与者
我宁可幻化成自然的气息
回归所爱之物的完美形式

我是如去
我不是如来
我忘记我是谁
我可以是一切
然后，我才是我

## 愿我,总是在米饭的芬芳里醒来

胡同巷子里
戴红袖套的老人在搜捕煤球
理发店要向巷子深处拐
一位磕瓜子的中年人
他与他自己总是争论不休
关于瓜子仁,嘴唇,远方和明天

天桥下有位老人
他坐在广场的树根下
手臂上纹有一条青龙
路边有位驴客在摆摊乞讨路费
蓝色布写着:实实在在地骑行
五米开外是门户紧闭的红褐色四合院

一路上疏落静止
像在等候一场浩荡之风
落叶飞舞
我一个人向天空伸出舌头

尾随的人模仿了我
递上一根香烟

明天,有一千种想法
而明天,明天,只剩下一个去处
愿我,在一场真爱之后睡去
愿我,总是在米饭的芬芳里醒来

## 你不是别人,请不要代替别人思考

人生一世,总有些片段当时看着无关紧要
而事实上却牵动了大局
这是名利场的台词

世界再大,大不过一盘番茄炒蛋
你的世界,大于全世界
这是某个银行的走心文案

我还在原地等你
你却已经忘记曾经来过这里
明天总会有明天
这是我曾经写哭的散文诗

如果你不了解,那么请你保持缄默
因为你永远不知道别人经历过了什么
如果你了解,那么请你继续保持缄默
因为其实我们很难帮到别人

漫漫人生路，请怀有善意
不妄自评价
因为每个人的选择都自有理由
因为你根本不知道别人经历过什么

## 天涯不远，若欲相见即能相见

你不是别人
你心里有绿色
出门便是草
若欲相见，更不劳流萤提灯引路
只需要于悄无人处呼唤你的名字

你不是别人
你怯懦地祈助的
别人的鸡汤救不了你
自己匆匆的脚步
编织起迷宫的中心之地

你不是别人
耶稣或者如来
救不了你
就连日暮时分在花园里圆寂的幸运鸟
也于你无益

你不是别人
你手写的文字、说出的话语,都像尘埃一般分文不值
命运之神没有怜悯之心,上帝的长夜没有尽头
你的肉体只是时光——不停流逝的时光
你不过是每一个孤独的瞬息

## 世界正在偷偷惩罚，
## 那些提前透支人生的人

只有病痛和死亡才是人生最好的鸡汤
还有告别
签字，付钱，离婚
一别两宽
各生欢喜

你可知道，在爱的世界里
情商高的人
总是很懂你
情商低的人
总是逼迫你去懂他

你可知道，在爱的世界里
总是把你握在手心的人
总是不动声色
从来不多说话

你可知道,在爱的世界里
对的会留到最后
满庭花簇簇
开得许多香

我们最终都会离去
我们要活得有趣味
而不腻味

## 我学习香水的名字,
## 熟悉它们的存放时间

在过去的二十多个月里,我没有写诗
我每天睡得很晚,几乎不做梦
我写一些和薪水相识的八股文
我还站上讲台又走下,像一个早已退役的团长
面对重复到来的礼貌与慵懒
我在日落后与好友谈论雨季,偶尔一个人喝酒
但没有写诗

在过去的二十个月里,我温习了香水的名字
我记起了古奇、巴宝莉、万宝龙与安娜苏
熟悉它们的卫检与存放期限
我学会礼貌地拒绝邀请,适时生病
我也拿起了谄媚
用昨晚剩在瓶中的啤酒泡吹捧劣质的香氛

昨晚,我仍然睡得很晚,没有做梦
我在今天上午 11 点醒来
我牵着狗走过秋天的校园

看陈旧的树叶落下,就像在乌合之众中与狼共舞
风在摇,鬼影在阴影中移动
我想起有款香水
它的名字是毒药

## 望你,像风吹万里不问归期

谁对,谁错
在那些对的人中又有哪些是站在阴影里
在那些错的人中又有哪些是站在阳光里

让我与你握别
再轻轻抽出我的手
让思念从此生根

让我与你握别
再轻轻抽出我的手
年华从此停滞

让我与你握别
热泪在心中汇成河流,是那样万般无奈地凝视
渡口旁找不到一朵可以相送的花,明日又分隔天涯

## 远方一无所有,为何给我安慰

我与所有人都不是同龄人
我是一个暴君
有一对昏睡的瞳孔
有一张出众的黏土的嘴巴
当我死时,我将躺进日月的怀抱

岁月诞生时
我睁开了红肿的眼睛
河流打着响雷
向我通报
人间血光的诉讼

多年前
在营地的床上,在一堆枕头上
我结束了第一回酩酊大醉
多不结实的一张床
让我想起世界是如何在旅途上嘎吱作响

好吧,既然我的明天无法造出另一个世界
那就跟眼前这个世界好好相处
每天在山上山下野跑
山间的风,草丛里的兔
就是我最好的伙伴

## 万圣节的学问,是一剂荷尔蒙

令人心醉神迷的乌木和阿拉伯烟草
融合草药、花朵和香料
带来意大利海岸深邃丛林的气息
这是冷静自持者的惯用手法

白广藿香的木质味
勾勒出丰富的层次感
彰显果断的勇气
那是机敏狩猎者的伎俩

还等什么
性感进攻就在此刻

**无畏一切环境,
我只要随心所欲地去呼吸**

走得太快的人
有时候会走到爱恋前面去
有时候还会被门夹到头和发

岁月是温柔的手指
日子记载人一生的笑容和泪水
爱恋树大根深
结满了最美最甘甜的果子

有情人甘愿在人间受苦
慨然走过
语言的沼泽、目光的荆棘
从爱出发,又向恋走去

有一次某人听我轻轻吐出这两个字
她的脸庞模糊
速度给它掺进了幻觉和未来的颜色
世界静了下来

我不曾想过像太阳那样，
爱东边的人，也爱西边的人


我的心在白天，默然无声
在夜里，专心等候

麻雀在屋檐下入睡
我却不眠
树枝在外面发芽
我都听见了
有的朝着上面，有的朝着下面，
大部分我叫不出名字
你不给我亮光，我就是眼瞎的
你不给我空气，我的呼吸就断了

我看到各种各样的人行走在地上
有的行善事，有的行恶事
我流着各种各样的泪水
也会有人举止平和，波澜不惊
喜怒不形于色，人群之中很难捕捉到他们的存在

你在远方寻求什么
你把什么遗弃在了故乡

## 如果有一天我老无所依，
## 我把他们埋在空话套话里

秋天像个温度骗子
昨晚哄你添衣
今晨你就脱了

身处整天冒烟的大楼里头晕眼花，气短胸闷
决定来一场说走就走的旅行，到楼下绿地里走走
这说明
骨子里，我是喜欢流浪的
常常把眼前想象成远方

我和我自己处得并不好
散步时，与动植物相遇
我发现
当所有的花都开在你的身后
所有的喧闹便与你无关
这是无边的绝望，也是无边的安静

世界很大，我们还有生活
那个我们以为永不会嫁出的韩国国民女神，不是还在
　　中年嫁给了爱情
所以，永远别说
我们行走在穷途末路上

## 再怎么不堪,别忘了吃饭时扶碗

四唇不在一起的时候摸心外面
是因为静静站着
光摸心外面,失于尴尬
因此,用唇齿来化解无语

四唇不在一起的时候摸心外面
是因为风中站立,不稳固
抓着东西,有踏实感
就如吃饭时,习惯扶着碗

四唇不在一起的时候摸心外面
是因为手要找一个柔软的地方,安放
长大了,不能手足无措
手不能再放进裤兜

四唇不在一起的时候摸心外面
是因为这样形成了三角形

彼此成为一个稳稳的支点
不是低俗,是文化使然

四唇不在一起的时候摸心外面
是因为平心而论
那仅仅是物理反应,自然而为
是因为摸自己的心外面
那就是化学反应,不自然

## 你在哪儿,哪儿就被我守望

这是我钟情的一个月
布满青苔的井边有棵铁树,进了门
为何你不来找我,只是溜向
悬满挂花的木梁下
我们有时也背靠着背,韶华流水
我抚平你额上的皱纹,手掌因编织而温暖

这是我钟情的一个月
我把光阴嫁给了一个影子
我咬一口自己摘来的血柚子
让你清洁的牙齿也尝一口
甜润得让你也全身膨胀如火热

这是我钟情的一个月
为何只有你说话的声音,不见你遗留的发丝
空空的外衣留着灰尘和污垢
你的那些姿势,一阵北风便灌满了楼阁
疾风紧张而突兀,不在北边也不在南边

这是我钟情的一个月
我将被我终生想象着的甬道甜得酸心刺骨
你要是正缓缓向前行进,你要是正匆匆向前行进
哪儿都被我守望

这是我钟情的一个月
你若告诉我
你的双臂怎样垂落,我就会告诉你
你将怎样再一次招手
你若告诉我
你看见什么东西正在消逝,我就会告诉你
你是哪一个

## 我只是一个人、两个人，不超过三个

黑色的小钟指向晚上六点
一阵秋风轻轻掩盖夜色
不新鲜了，也不排斥
时间更加不接纳时间
那么多昏眩，那么多幼稚
都要从我的记忆中路过

窗外一样是安详的
屋内更加黑暗，黑到窒息
大楼管事的人外出
闲话碎嘴的人不见了，喜欢拍摆工位照的人
也回家奶孩子了
也不奇怪，现在人不都这样

选择做自己
世界也发现不了我
临走时，在面部扫描前
我好奇地数了数内存
我只是一个人，两个人
不超过三个人

## 我弄丢了她们交给我的秘密

一张聚焦于生活里的智慧、温暖的桌子
西北臊子面上桌，隔桌有一对母女
女儿念念有词
母亲托腮，一句话没说
一口面未吃
母亲面无表情，眼神藏不住失望气息

她们对坐成一个秘密
有一瞬间我曾相信没事了
接着一切又都站不住
这就像一个无脚的女人渴望奔跑
一个无舌的妇女渴望说话
一个孩子没有眼睛却要哭泣

她们的秘密肯定很难，至少对母亲很难
我把眼神放到那女儿的筷子上，那个女儿闭上了嘴
我不想看见那个母亲离去
那个女儿不回头

她们看来有一条漫长的路,要一步一步去走

我弄丢了她们的秘密
我不喜欢那挂满不在乎的脸
她母亲伸出的手
和她母亲的肚子都老了
那女儿什么也没给她
一切都花光
一角的背景倒下了

## 我喜欢开灯,也喜欢关灯

我喜欢开灯,也喜欢关灯
我最喜欢的是反复开灯关灯
快速切换黑暗和明亮
就能同时置身于两个世界
看到月亮和太阳

我喜欢开手电,也喜欢关手电
在很多年以前爷爷的村庄
我反复开关一支水银色的铁皮手电筒
挥向夜空,仿佛能搅动星宿
几个小时后光柱越收越近
越收越近,几乎泯灭
天上的亲人好像都接下来了

我喜欢开灯,也喜欢关灯
喜欢黑夜
一如喜欢黑夜后的白昼
喜欢白昼
一如喜欢白昼后的黑夜

## 爱自己，大道两边各有精彩

爱自己，真的是安全感的开始
走过一些路，爱过一些人，受过一些伤
才会明白别人给的，只会让你内心的不安肆意蔓延
真正的安全感，来自内心的独立和自足

爱自己，真的是生活快乐的开始
明媚的阳光就是新生
还有，繁华路口人行道的绿灯
出门时口袋里的钱包和钥匙
和手机里显示的电量满格
都是乐活埋下的种子

爱自己，真的是终身浪漫的开始
买自己想要的东西
化精致的妆容
再也不用委屈自己
去踮起脚尖取悦一个难以取悦的人

爱自己,真的是人生另一个你的开始
哪怕处于人生的低谷
哪怕对一切都提不起兴趣,窝在家里看电影
那部电影里失恋的女孩,也会很帅气地走出来
——那个不认输的女孩,又回来了

## 一个闲人,只教人一件事

我只教你一件事
那就是观察你自己,然后加以完善
我正在努力做这件事

你醒着时对我说
你和你生活的世界
只是无边大海那无垠海岸上的一颗鹅卵石
我做梦时对你说
我就是那无边大海与无垠海岸
大千世界只不过是我岸上的一颗鹅卵石

太阳偏在西南天的时候
我就是那个手叉在背后的闲人
在海滩上,深一脚,浅一脚
一步步踩着柔软的沙尘

沙尘上的脚印也不算少
长的短的方的尖的都有
有人赶过去了,一个又一个
我不管,一个人一直低着头

## 苦与福一样，都是生命对我们的奖赏

我努力在自己的身上战胜时代
我一生的敌人，不是别人
也不是来自外部世界
只是自己内心的这头野兽
我知道，这样的生活是不值得过的

我努力在自己的身上战胜时代
我所处的，根本是一个悲剧时代
可我却不想绝望地来顺受这个结局
诞生到这个荒谬世界上来的人
唯一真正的职责是活下去

我努力在自己的身上战胜时代
人心不古，理想不能被埋没
每个人都愿意生活在别处，别处即福祉所在
近处无风景

我努力在自己的身上战胜时代

我们平时总是喜欢说爱
爱这个,爱那个
其实,我们最容易做到的就是爱自己
爱自己是天性,人人好自为之

我努力在自己的身上战胜时代
因为我的欲望在作祟
就像一个永远吃不饱的乞丐
它对这个世界贪婪的窥视
让我的生命躁动不安

我努力在自己的身上战胜时代
痛苦,是化了妆的礼物
它和挫折是成长的必经之路,是生命的必修课
每一个成年人都是劫后余生
蚁虫之见与星云之眼,轻易暴露了我的浅薄

## 踏着落叶听古筝悠悠，
## 原来真的是秋远冬至

明天立冬，秋天要走了
忽然我的眼泪掉了下来
我也想离开，离开这个有你的地方
说得清为何我会因为你留下
却又因为你不得不离开

明天立冬，秋天要走了
这个秋日一切都恰恰好，午后有阳光
温度恰好可以将花瓣晾晒成温柔的书签，朴素又美好
在安然中活出自己想要的模样

明天立冬，秋天要走了
走过那条最后落叶的小道，你在前面
我在后面
在那屋檐下躲过一场秋雨，你在左边
我在右边

明天立冬，秋天要走了
我走路回家
我不知道走到哪里去，也不知走完了路以后干什么
无数落叶像一场黄金雨从天而降
我心里一荡，一些情绪涌上心头

## 他们不思考生活,他们生活着

小黄狗走在前头
卖葱油饼的夫妇
男的推着日子的三轮车
顶上是遮阳的斜条纹塑料布
平底铁锅里的菜油
"滋滋"地冒着热气
女的穿着干净的碎花衣裤
甩手甩脚地走在一侧

小花猫落在后头
卖葱油饼的夫妇
在大街上吆喝生活
他们从不用口,步履比欲望略慢
一把抹葱油的木刷整齐地刷向一轮红日
有人买葱油饼
男的用左手铲锅起饼,女的用右手接钱找零
像同一个人的双手一样

东昌路的路东
路西
还有一条街的街头
街尾
我经常与他们的幸福照面
他们过的是
不一样的生活
简单到没有生活

## 从今天起,与这个冬天握手言暖

枯叶翩然如蝶
有壳的乌龟与有皮的蛇渐次入梦了
季节的门开了又关,仿佛只是一个转身
又一个秋天说走就走了
我的人生不知道还有多少秋季

在民风淳朴的乡村
被寒意裹挟的日子依然热气腾腾
炊烟在寒风中愈发纤瘦
灶膛内跃动的火苗
映红了乡亲们的面庞
鞭炮声此起彼伏
有个俊俏的姑娘要出嫁了
多年后,她还会像今天一样欢笑吗

在大街小巷的城市
人们竖起高高的衣领
把身上的衣服裹了又裹

所谓季节的变化
好像只是树叶的新生和衰落以及衣服的厚薄与增减
添衣了,他们心里冷吗

忙忙碌碌的各色人
虽然内心汹涌澎湃
但表面上依然不动声色
每天流连于人世间的喧哗
太多的欲望与念头
太多的枝枝叶叶
他们听到了来自季节深处的声音
你还信这份童真吗

在秋冬交替的路口
所有的候鸟早已飞去了南方
它们总是寻找最适宜的地方生存
哪怕飞越万水千山
寻寻觅觅,来来往往
它们累吗
困惑吗

## 静听立冬的脚步,你会听到声声叹息

冬天是收藏的季节
别人的人生,又开始养护身体
要养阳、藏阳
补肾藏精,养精蓄锐
秋尽冬来,寒而不冷
一片暖意浓浓

还有这样的人生
从安徽蚌埠到四川江油,八九年里
杨海军跑了许多大街小巷、城郊农村
一边打工一边寻找父母
他是谁,从哪里来
这个问题困扰了他前半生
大约五六岁时,他因贪玩而爬上了一辆客车
被车子带到一座陌生的城市
一位陌生人把他带到一个更为陌生的乡村
他爱吃辣、吃米饭、吃腊肉
他相信自己一定是四川人

还有这样的人生
走失的母亲如果还活着
应该已经79岁了
55岁的孙学奇开车前往广东,再次踏上"地毯式"寻母之路
他的母亲是咸宁市崇阳县天城镇新塘岭村人
身高1.55米,圆脸
脸上有少量白麻斑,右眼靠近眼角处有块疤痕
不识字,不会说普通话
1993年5月在广州火车站广场走失,走失时55岁


还有这样的人生
山东蒙阴县28岁的女子秦玉瓶
辞去月薪上万的工作
回家搬砖
她的这个决定,至今让很多人不理解
干苦力活不说,挣得还少
她说,等出车祸的弟弟身体恢复了
她再出去,做自己喜欢的事情
世界很大,她到时候再出去走走


生活种种,有人还无处安身
安静的冬日迎来立冬
随后,冬至大于年
普通人的生活总有沉重的痛点
一触摸,就泪水盈眶
静下心来,你会听到声声叹息

## 人到中年，我不会因诱惑而重返童年

终于，人到中年
我不会因诱惑而重返童年

房屋是老样子，但门不一样了
不再是红色
树是老样子：金桂、海棠、秋菊
但是以前的住户不见了：不知所终的、死去的、搬走的
人们都回不去了

身体还是老样子
但住在里面的孩子
都成了老人
心是老样子，遇到烦恼时
被烤成褐色
脑子里印记的往昔也模糊了：包括美好的、阳光的与清纯的
眼睛里到处都是陌生人

完全不像我记忆的老样子了
古屋、古街，都是现代的古屋、古街
完全不是我记忆的老样子了
过去的人和事，都是现代的人和事
我还记得童年时想去别处的悠长愿望
想看高山大海、高楼大厦
甚至时间、地点与物理距离
都很精确
这就是我头脑里曾经的童年

## 平静地,身处幸福与不幸之间

如果我能亲吻整个大地
感觉它的味道
如果大地是可以亲吻的,那一刻我会幸福
如果大地是不可以亲吻的,那一刻我也会幸福
因为我能嗅到它的美好

如果我能亲吻整个天空
领略它的绚丽
如果天空是可以亲吻的,我会很兴奋
如果天空是不可以亲吻的,我也会很兴奋
因为并非所有的日子都要晴天,久旱之后的雨水也很珍贵

如果我能亲吻整个生活
体验它的冷暖
如果生活是可以亲吻的,我会很快乐
如果生活是不可以亲吻的,我也会快乐
因为我并不奢望所有日子都是快乐的,时而悲伤才是自然的

如果我能与你分享整个人生
体会人生的滋味
如果人生是可以分享的
抑或人生是不可以分享的
我都想告诉你
要自然地看待不幸与幸福
必须于幸福与不幸中,做到自然与平静
像视听那般感觉,像行走那般思考
日子不会一直如此,永远实在是很远

## 在这里,我是个异族人

在这里,我是个异族人
规则是人群的敌人,等待在危险的边缘
隐藏着阴暗的各种行动
小人兜起眼睛,像来自敌意而神奇的时代
有时刮起风,集聚在空地上
只有个别的房间
那里有人把丝绒美坚守
温柔地妆点

在这里,我是个异族人
穿着玻璃制成的异类的大衣
黑色的大眼睛,伪装的微笑
投向玻璃的眼神
一碰即碎好比纤细奇异的昆虫
从青草和无法治愈的蜥蜴那里,投出不得不反击的飞镖

在这里,我是个异族人
爱只能在防备坏人的盔甲上找到

破开又破开,就像蚊虫忙于
刺痛人的皮肤
在那里留下毒药
偶尔,也有情谊与爱

## 今天立冬,春天已在来路上

今天立冬
清晨的雾气里结着霜
河边钓鱼的人不见了
他们围着圆桌,一家人照例吃着过节饺子
那个给我们上课的年轻老师
说着没有几人能听懂的虚拟货币
让我想起了古时代的白银大元宝,也是饺子模样

今天立冬
午后的天空囤着霾
温情和儒雅不见了
真相只会晚到,永远不会消失
那些自以为聪明的假面人
伪装着他们的伪装
让我想起了皇帝的新装,也是灵魂碎了一地的模样

今天立冬
黄昏时晚霞隐现

徘徊与迷茫不见了
理想很丰满,现实很骨感
那些卑微的体面
尊严着它的尊严
让我想起春天——它正在赶来的路上

## 我是我时光里，最温暖的场景

暴风雨把彩虹投射在我脸上
我感激每一片时光的树叶，是因为它们愿意向着太阳
淳朴流淌成河的乡村，被寂静包围的林场
古老的私塾
以及远在省城的大学
善良伴随着我
像自带光亮的土拨鼠一样，我有我的生来坚持

命运把重荷层层压在我身上
都来不及喘息，我用干净的目光看着干净的我
我存在是因为我想象我的存在
成为孩子妈妈是我主动长大了一次，失败的婚姻让我被迫再
    一次长大
正直伴随着我
像受惊逃生的土拨鼠一样，我有我的生存机敏

生活把不会撒谎的曲折多次给了我
蹚过秋天的大美草地后，发现枯草变成了冬天彻骨的湖水

从温情小镇一路向东,来到光怪陆离的大都市
都没有时间认真回首理应是人生最好的十年
工作中遇人不贤的挣扎,孩子成长过程的艰难
坚强伴随着我
像守望的土拨鼠一样,我有我的生命信念

世界很现实
我努力做身上有光的人
旧人,往事
一道道伤痕,风干的眼泪
来来去去,有如云烟
我是卑微自强的土拨鼠
我在追求幸福的路上
我是我时光里,最温暖的场景

## 倏忽秋尽,想把温暖寄给你

北风在屋外的树梢上呼啸
我为什么不满足呢
玻璃窗上的霜已遮住了窗花
像一层簇密的白毛
转瞬冬天又至
我想把温暖寄给你

我在秋天的街上一个人发呆
在冬天的怀里取暖
有一只走路轻轻的熊
在我身后
如果我突然停住转头
它就嘿嘿一笑

她在旱船船舱里荡漾
身体当然是为爱情服务
但归根结底,身体只为情欲服务

为不会撒谎的情欲服务
巨大的船舱吊灯像一个人形的卵巢

再曲折的我们,也是尊严的生命
我永恒的灵魂,注视着你的心
人生而有涯
欲望有何不可
我爱一切发自内心的真情
有一种禁忌的美

## 初冬,偶遇一条停在岸上的船

污水河和清水河流淌着同一种声音
世界并不慈爱,没什么是完整的
一只落单的海燕,孤独地立在安静的甲板上
船舱里外,有身影来来往往
不像是人类
它有点害怕,振振翅膀逃走了

在滤洒下的晨光中,夜莺也醒来了
它飞离船头,去与它的朋伴会合了
一对背着单反戴着墨镜的男女,人模人样
左拍金色沙滩,右拍白色海浪
然后驱车而去
梦真是从心头起

海燕瞥见它尾羽的白色条纹
开始微笑着邀人加入自由
它没有透露是哪种自由
有一群乌合之众,各怀鬼胎

他们选择了囚笼
在人类的属性中,永不缺席的自由
他们不想要

冬日伤怀
一条悲伤成旱的大船
停在岸上
从未想过要启航
一群走散的人
忘记变好的过程
就是诚实地表达自己

## 初心在,就会有千山万水

你说你怀念少年,是惦记泥巴
还是读过的诗篇

看见一匹白马很后悔
看见一滴雨也很后悔
当初为什么没有长成
一匹白马或一滴雨呀
而为什么长成了一个人

一个人既不能向北撒蹄飞奔
又不能向东流入大海
却要不停地大声说话
背上理想的十字架
成为自嘲的宾语
或被主语讥讽

但既然是一个人,理想就不应该被轻视
真相就应该去守望
变化得越多,我们就知道什么是不变的

永远不应低估自己的力量和价值
人生之路注定山高水长
初心在,就会有千山万水

## 细节之所以美，
## 在于它包含着年轮的耐心

少年时，我喜欢沿着河岸
漫步到垂柳弯腰喝水的地方
顺便请邻家的烟囱
在天空为我写一封长长的信
虽说是潦草了些
而我的心意
则明亮亦如你窗前的灯光
难免有暧昧之处，那是因为风的缘故

青年时，我喜欢沿着河岸
喜欢在雏菊尚未全部凋零之前
赶快发怒，或者发笑
飞快地从箱子里找出你送的木梳子
对镜梳你那又黑又柔的妩媚
然后以整个一生的爱，点燃一盏灯
我是火，可能熄灭
我难免有时暧昧，那是因为风的缘故

中年时，我喜欢沿着河岸
择一件小事，耐心地做到极致
这个身体
最终会变成太平岁月里的盔甲
夏天太热，冬天太冷
但躯体的欲望，从另一方面来看
像个阴晴不定的伙伴
难免有暧昧之处，那是因为风的缘故

老年时，我喜欢沿着河岸
友谊和忠诚以耐心作为联结的力量
如果感觉到孤独和卑贱，那表示我
  还不是个有耐性的人
任何来去不定，起落无常者
非吾所钟爱
已不会有暧昧之处，那是因为风的缘故

## 早上哈一口气，
## 在玻璃窗上画个笑脸

听人说
世界上的眼泪有固定的量
有一个人哭
就有一个人不哭
笑也一样

听人说
心是可以放空的
心空了，就再也没什么可说的了
他不再知道人们对他说什么
人们什么都不再对他说
他自己心里什么都不再说
心都没什么可说的
就再也没什么可说的了

听人说
人生是可以半圆的
那就爱上半圆的人生

比如,冷冷的冬天逼近了
那就优雅地生活在冬天
早上哈一口气
在玻璃窗上画个笑脸

## 你那么成熟,肯定历尽艰辛

每个人的成长,都是由小变大,再由大变小的
当你成熟了,就会发现
一切大情大爱、深明大义,其实都与我们无关
那是别人的人生和书里的人生
反而是小而美、细而精的东西与我相关

朋友间的友谊,都是由小变大,再由大变小的
圈子虽小,干净就好
原来大家都是越长大越没朋友
哪怕寂寞,也不愿让自己时刻去体会那种一群人坐在
　　　一起尬聊的孤独
从同路者中寻找相处舒适的同伴
才是友情的真相

两个人的爱情,都是由小变大,再由大变小的
再成熟独立的女人,心里都住着一个慌张、好奇、有些
　　　呆萌的小女孩
若她涉世未深,就带她看尽世间繁华

若她心已沧桑,则带她去坐旋转木马
那些细水长流的日常,才是人生的旋转木马

每一个自己,都是由小变大,再由大变小的
一路你遇见什么,反应回来
才会看见自己
见过天地,见过众生
深谙世事后,还能不世故
才能看到自己,拿得起放得下
才能做自己想做的事,过自己想过的人生

## 这无尽的孤单,让我失落在夜里

我记得你,我的心灵攥在
你熟知的悲伤里
饱满而微微低垂的花朵挡住了你的一只眼,却挡不住
　　你眼中那汪孤寂
未发生过的事情是如此突然
我永远地停留在那里

我什么都不知道,别人也不知道我
我擅长用平实的涂刷笔触、沉静的中调色彩,把人物的
　　姿态微妙定格
好像我在一张椅子下,失落在夜中
如此这样,又不是这样
我永远地停留在那里

我问后面来的人们
那些女人们和男人们
他们满怀如此的信心在做什么,他们如何学会的生活
他们并不真正地回答,而是继续装疯卖傻

可我也不想继续谈下去
我永远地停留在那里

我的一切思、一切哀愁,仿佛都失落在花下
在那个地方和那一天
我不知道发生了什么
但我和现在的我已不是同一个人

## 你不来,我哪敢老去

没去过远方
生命范围缩成一团
人一生的广度,就是身体与心灵
　　　能够到达的世界之和
别让未来和生命
一眼看得到尽头

没去过远方
也可以把日子过成诗歌
你梳妆洗头,对镜贴红花
穿上浸满香气的衣裳
如果没人欣赏,那就自己讨好自己
你到过很多想象之国
生命再不是方寸的距离

没去过远方
梦就是白马
枕梦而眠
总能看见星辰与大海
你不来
我哪敢老去

## 拜会夜东海,经过一座观音寺

黑夜里的大海是黑色的
望不到头,望不到边
轻佻的海鸟,不知疲倦地鸣叫着
海滩、潮汐,还有远方
调皮的星星在夜空中不停地眨眼
天上的月亮仿佛又动了凡心,谋划着重返人间

蓝天的大海是蓝色的
一会儿忧郁,一会儿梦幻
嫦娥躲在吴先生宽宽的肩膀背后
肩膀是悲伤的,肩膀是多情的
海螺姑娘藏在小小的贝壳里面
不时地偷偷出来,发着安全往返的暗号
勇敢的嫦娥好像已落在海面上

青年的大海是青色的
这里有星光,那里有月光
一群穿着溜冰鞋的青年男女

无忧无虑地唱着多情的歌
一个女孩在放飞氢气球
像仙子年轻的模样

东海有座观音寺
海上升起一轮明月,那是痴心多情的嫦娥
是不是天上与人间隔着大海
观音有点难,有点烦
坚守百年
一直在为仙人的姻缘牵线

我不是别人,是大山深处
一束孤独的灯光


深夜的诗歌,清晨的画作
别人的作品救不了我
我不是别人
我喜欢慢旅行
我是一束大山深处的冷光
我越来越爱上孤独

有一次,夜宿吕梁山
一束蓝紫色的灯光强烈地照过来
一个人的面部隐在黑暗里
他肩上顶着一团蓝紫色的光
那是吕梁少年头戴的紫外灯
到山上抓蝎子卖以筹集学费
这吕梁山中的一盏灯
人世沧桑就是一束灯光

还有一次,夜越大别山
对面山梁上有一束闪烁的灯火

那盏灯火快要被夜色冻住
随着车的颠簸,它依然顽强地亮着
一粒欲灭还亮的山中灯盏
下面该是一个人或一家人的漫漫寂寞人生吧
人世沧桑还是一束灯光

天上一个月亮
水中一摊被浅流揉碎的银光
月光下面,不一定有人家
山里一粒灯盏
树林里布满被打散的点点冷光
灯光下面,一定有人家

## 闻之于佛,愿眼光温暖我的双眼

一方世界的水
一瓶子的树叶
我能享受最好的,我能接受最坏的
我心里最完美的感情,就是不完美的
人生就是这样
人生的高度不是看清多少事
而是看轻多少事

成熟的一半是对美好的追求,一半是对残缺的接纳
一半敬远方,一半敬故乡
性格决定我们的际遇
如果你喜欢保持你的性格,那就无权拒绝你的际遇
风儿会记住每朵花的芬芳
时间会把对你最好的人,留到最后
多少次浅浅淡淡的转身,是别人看不懂的情深
那么余生,请对我好一点
除了彼此喜欢,其他问心无愧

人在悲哀中，才活得像个人
有些灵魂沉睡了生生世世
这个世界是参差的美
种一棵树最好的时间是十年前，其次是现在
不要在你不喜欢的人那里丢掉快乐
请用智慧探讨人生真义，用毅力安排人生时间

## 黑夜临近,我必须迅速地画出晚霞

我必须迅速地
画出晚霞的布局,因为很快
它就会在消失
它的特质是绝不重复

我必须用白描手法
勾勒它的形状、阴影、姿态
没有任何记忆的重负
它游弋于自然之上

我必须用油墨泼色
当黑夜来临,它便分散在云端
栖息于云彩之上
一成不变,近乎永恒

## 不一样的爱情,你心里看得见

哪些人是怕自己被风吹
哪些人是担心风吹到你
你心里又不是看不见

爱你的人,生怕给你的不够
不爱你的人,却怕你要的太多
你心里又不是看不见

婚姻到最后,都是柴米油盐的平淡
只是有人把平淡熬成了幸福,而有人用平淡逃避着责任
你心里又不是看不见

有的人,让你度日如年
有的人,让你度年如日
你心里又不是看不见

有人埋葬了爱情,味同嚼蜡
有人滋长了爱情,岁岁年年
你心里又不是看不见

有人终结爱情,选择短痛

有人多了苟且,接受长痛

后来看到你恋爱的模样,才知道你根本没爱过我

## 此心永恒,请像小船般温柔地载我漂荡

无论我和谁在一起
我的眼中都只有你
有一些风雪我们未曾经历
那些北方,永远不能成为我们的生活
我还是爱着南方,爱着这个
烟雨蒙蒙的南方
爱着它的细腻和不可知

就像我偶尔也会爱着那一小块疯狂的云彩,
　　那是辽阔天空的一部分
也会爱上破碎、弯曲的夜空,那上面缀满陌生的星星
就像我偶尔会流泪,那里面有心生的感动

哪怕不爱了
我们还可以在河流的上游
在某个转弯处
挽回迷途
那照亮小路的双眼
已经留下你的光彩

## 这世上有两种人,一种是写诗的人,一种是不写诗的人

身边的人总是不断更替
一段关系离开时悄无声息
有人离开,也有人会来

我还有绝大部分的牙齿
有全部的头发和很多的白发
我能够创造爱和破坏爱
能够两级两级地爬楼梯
能够跟着公交车跑四十米
就是说我不应觉得自己老
但是严重的问题是
以前我没有注意这些具体问题

无论这个世界如何改变
都不要忘记你的泪点
那是我们灵魂依然柔软善良的证明

## 当第一缕阳光冲破云层,归期到来

收起脚本
道具入库
舞台剧终于落幕
我不是主角
我演《一声叹息》
昨晚也有我的表演

每天都是生命新的白纸
每个人、每件事、每张画
都是活色鲜香的文字
清晨上屋顶,树荫深处的别墅群
全然不是低处偷窥的高大上模样
我突然想起我的新房

每天都是新的生活画卷
当第一缕阳光冲破云层,阳光还是那束阳光
一样的果汁、杂粮变得新鲜诱人
一样的春卷、燕麦粥开始吱吱作响

这意味着曲终人散的时刻
已经来临

每天都是新的重复
掐着时间挤进电梯
精英们早早落座,各自思量
端正地看着进进出出的人
等待下一次表演
其实,哪里有什么不一样

世界总是优劣并存
心在哪里,注意力在哪里
我们就是什么样的人
可是我想起文字想起玫瑰
想到假如我能看见所有人背后的脸
我就会知道在这个奇怪的一周里我是谁

## 邻居大妈和邻居大叔

邻居大叔很讨厌
他像一只森林里的克隆兽
常常会抽烟、喝酒,敞着怀大吼大叫

可邻居大妈不一样
她在新时期中国特色社会主义里
她富强、民主、文明、和谐
自由、平等、公正、法治
爱国、敬业、诚信、友善

我敬仰邻居大妈
她有深厚的中国梦
而邻居大叔
以后我只叫他油腻中年男

## 心如止水,只想路指远方

雾笼罩着城市,这里有海洋
这里有从昨天飞来的海鸥、船只
以及匆匆赶路或者虚掷时光的人们

小城镇从旱船中开始明亮
玫瑰刺和狗尾巴草的光影在交织
我心如止水,只想路指远方

## 美由善心来,心似桃花开

在一个黑暗的房子里面
你看到了别人的故事
想到了自己的人生
埋头过完自己的坎,就像埋头磕完自己的路

生活就是这样,饿了吃饭
困了做正事,好好睡觉
晚上也要吃饭,不能饿得把枕头吃下去
再失望也得生活,不能不忠实对待自己

长大就是这样,不要再寄希望有那么一个人
有机缘跟你一起翻烂一本书
生命里也不会再有那么一个人
会把自己特别喜欢、独一无二的东西让给你

人生就是这样,不至于千疮百孔
也很少有烂得俗套的背叛和欺骗的桥段

你得努力接受你和你的年华,最终还是败给了时间
最终失散于故事的两端、时光的尽头

时间就是这样,它是一个伟大的作者
眼前解决不了的问题,都可交付给未来
它会给出最完美的答案
你越不在意,就越少失望

整个世界都入睡了,
可我和我的心思还醒着

我希望
虚窗一杯茶
你能听到大海磅礴而低沉的涛声
在海涛的间歇中
你能听到
离你很近的一只鸽子
在寂静地鸣唱
在鸽子的鸣唱中
你能听到
淙淙流动的一泓清泉

我希望
静室一炉香
你的手捧着鲜花
在花丛中,你的脚步
踏在草地里由细沙铺成的小径上
小径伸向幽静的深处
在细沙铺成的小径深处

上面印着你的脚印
我的脚印
我们的脚印

## 时光不老，闲暇处才是生活

谁从彼世来
陌生的关系人
谁往彼世去
不期而遇

在平凡的日子里
赞美美丽，也赞美悲伤
赞美平凡之路
赞美路上的一切风景
赞美厨师和食客
赞美开始，也赞美无奈的结束
赞美云雨，希望它带来更多的云雨

微光暖暖
乡音融融
期待你安放自己的身心
给灵魂片刻自由
愿你拥有平凡生活里的诗和远方

## 人人都希望变得优秀，
## 但善良和优秀一样重要

或许你不知道
优秀是来自外界评价体系中的一个标签
善良才是一个人平和地与世界相处的资本
以及所有好运气的根源

或许你不知道
那种见不到别人好的酸酸心情，就是善良的问号
就是不自信，就是焦虑
它已把眼前一点儿小小的落差无限地放大，直至夸张到
　　人生质量的高度

或许你不知道
那种通过否定别人的存在来凸显自己的言行举止，就是
　　不善良的感叹号
普通人生之间没有必要较劲
真正的骄傲也不是跟人斗气
它是对世事规则了然于心的洞见，是建立在深刻自我
　　认知上的平常心

或许你不知道
善良是埋在身体里的能量棒
立在那儿,不能折
它不针对谁,像一把长剑存在
它对准的地方,可以是每个人自己的上限
　　也可以是别人的生活

## 愿我们都有岁月可回首,且以深情白头

纸张、书本、杯子、铅笔
已在自己的影子下休息
冷冷的月光在去留之间疑虑重重
它热爱自己的冷酷样子
光芒将无动于衷的人墙
变成一个个影像的神秘剧场
就这样,世界在它平静的变迁中摆动

遇见、心动、牵手、一块手帕
时间在太阳穴里跳动
与血液有着同样的顽强
当你有过一段认真的感情,后来不爱了,也许就不会爱了
就好比老师撕了快完成的作业,你就写不动了
这作业花光了你的所有精力,就只差一个结尾了,你却要
　　从头再来
就是这样,慢慢地很多人对爱情害怕了

单身节、购物车、凌晨抢、败给败家
爱的世界里总是久别重逢,不会停顿
你是在一只眼睛的中心将自己发现,在自己的目光中
　　将自己观看
又有谁知道,哪一半是忘记、哪一半是延续
愿我们都有岁月可回首
且以深情白头

## 你的善良,可能重伤了空气

我的指头滴着墨水
我用它给你写信
你说你的善良,伤了自己
但是否伤及人畜无害的别人,你未谈及
梦是一截金华火腿,沉甸甸的
谁悬在天花板上,而我的烟灰在拐弯处流着血
太阳这个凶手染红柏树和走过干燥清晨的人们,
　　支撑我的天空
我红红的手是一句话,抽泣着一声短促的呼唤
沉默倒在吸墨水纸上
墨水毫无用处

我走在苏州中心外的水塘般的斑点上
在渐渐远去的秋意与缓缓而来的冬风之间,
　　有世界尽头在等着我
我心里流出泉水和泪滴的声音,好像咏叹调
蓝天里有号手吹响紧急集合号
我把生命无条件地投入我诗歌里,我的灵魂里

我想另辟蹊径,让自己走进生命的更幽暗处
我用把死亡推出体外的手,去探测我渺小的全部内在
我在拯救我自己
假如我已得救,我将走向我的内心

## 有静默思想的人,才有自己的灵魂

我羡慕那些有想象力的人依靠想象力就能够根据头脑中连
贯的图画、诗歌或者思想的需要
使每一物件或者事件呈现出活灵活现的样子
就像可以召唤神灵在恰当的时间向其透露真理
与这样的人相比,缺乏想象力的人就像黏附着岩石、只能等
待机会给予的贝壳
从来不会主动飞翔

我羡慕那些将美丽与实用结合在一起的物件
高大、挺拔的树木是不结果子的,水果树都是矮小而难看的
重瓣的玫瑰也不结果
相反,矮小、野生、几乎没有香味的玫瑰却可以结出果子
还有,最美丽的建筑也不住人
这种矛盾就好像一道灿烂的光芒飘浮在难看的额头上

我羡慕那些郁郁寡欢的天才
人是用泥土做成,习惯是他的乳娘
天才是对天才自身的奖赏,因为每一个人都有必要做到和成
为最好的自己
那些天才有时候会展现出,我已经描述的独有景象
悲哀夹杂着愉快,愉快夹杂着悲哀

## 你放不下的,不是那些人和事,
## 而是越来越重的焦虑

很多时候
我们不是放不下一个人,而是无法处理好那个焦虑的自己
焦虑就像是一颗兴奋药,让我们看不清爱情
更看不清人生
人与人的差距,取决于你的焦虑控制指数

很多时候
我们放不下一件事
吃饭时不肯吃饭,百种求索
睡觉时不肯睡觉,千般妄想
其实,专心做好一件事情
不仅仅是一种选择,也是一种能力
如果你还能认为自己不那么重要
那么你一定可以活得相当快乐

很多时候
我们放不下一些人和事
还是因为自己处于低纬度

不知道自己的疆域和边界在哪里
如果你现在感到焦虑,那么建议升高你的人生纬度和格局
以此建议与君共勉

## 我把诗行散在风里,让风朗诵给你听

这来来往往的世界
生得好看的姑娘很多
长得精致的姑娘很少
像人间的珍宝佳肴一样

精致的姑娘啊
我要为你写一首秋天的诗
在太湖里的小船上摆荡
把芦苇放在船尾当桨
当黑夜告别夕阳
我紧握你哀伤的手臂
看你受伤的眼神中飞升
你要留驻,留驻你简约无华的人生

精致的姑娘啊
我要为你写一首冬天的诗
也为冰雪,为缩小的西湖做见证
见证有人午夜造访,惊醒一床草草的梦
我想把你带到外乡
给你一盏灯笼
照亮夜空

## 我渴望青葱的城市，格外珍惜阳光

习惯不去埋怨鳞次栉比的房子
城市里的每栋建筑
必然会影响天空的样子
想象你是一颗飞翔的种子
找令你舒服的一隅
让它保持干净
当你离开时怀念它

习惯不去埋怨雾锁门窗的天气
从你的住处走到你朋友的住处
一边走一边留意街巷的转角和风景
原路返回
留意你朋友所经过的街巷的转角和风景
别人问你幸福与否，你哭着也要点点头

习惯不去埋怨泥泞的街巷
当他或她去看你时
数一数街上的水洼

想象把气球系在城市每一栋建筑的房顶
让那些气球迎着微风震动

习惯不去搭乘拥挤的交通工具
想象一个月有一天
只有骑自行车和走路
是城里允许的交通方式
把它变成两天
把它变成一周
把它变成一个月

习惯把你已拥有的一切带在身上，无论它是否卑微
偶尔去购物，或者去爬一座山
看你是否清楚你要去哪儿
想象城市正变得越来越葱翠
因为植物、小动物，树和草坪
坐在蓝天下，让你的头脑保持开放和空荡
让你的各种念头走进来，珍视它们

## 我们应该向植物学习相知、相爱、相守

你不用担心一片树叶背叛另一片树叶
一朵花儿可能会背弃盟誓
一丛草只会把思念蔓延到远方
植物的爱情就是相知相守、就是不离不弃
就是开花结果,过完一季又一季

动物的爱情在远方、粮食在远方
我们一直在向动物学习竞争
学习迁徙,学习背弃,学习孤独
却忘了向植物们学习相守,学习宁静,学习温暖

我们忘了向向日葵学习沉默相守
望着太阳的热度和光芒,至死方休
我们忘了向仙人掌学习坚强隐忍
那是被封住的仙人掌之心,是无人了解的寂寞泪珠
我们忘了向茉莉学习内敛宁静
天神将残存的几片雪花散入人间,是万物的滋润激起雪花深藏
　　的芬芳

我们忘了向月桂学习美与洁净,向水仙学习自爱,向薰衣草学习等待,向紫藤学习热烈,学无止境

我们应该向植物学习爱情
植物的爱情需要等待、灌溉、拼命生长、默默坚守

## 遇见值得遇见的人,把灵魂留下来

当你的阅历变得丰富
你会发现容易和更多的人产生共鸣
当你的内心变得成熟
才能装得下更多不同于自己的人

但还会有一些特别的人,比如灵魂伴侣
可以通过特别的路径彼此发生联系
能够在对方的灵魂中看到了一些令自己目眩神迷的,或是自己
　　　早在相遇之前的多年就已经深深懂得的东西
你欣赏他或她,你尊重她或他
想要长久地在生活中,拥有这个人
你们需要做的唯一一件事,就是彼此看见,彼此看懂
事实上,没有什么可以阻挡两个会彼此聆听的灵魂

遇见该遇见的人,做你想做的事
让要发生的发生
时间会自然地把值得的人给你留下

## 唯有暮色,眷顾不会点灯的孩童

童真是活水,我们不能丢掉生命中这汪泉眼
让我们重新感受生命,重遇初心和美好
比如,用自己全身心爱的能力去引发另一个人的爱的能力
使另一个人也能成为爱人者

这次我想说说小时候
那时天黑得越早,越令我感到害怕
尤其是在冬天的小镇,我是不会点灯的孩子
我等待着没有回家的妈妈
黑色把我的孤影移进无边的夜色
是晚霞一路追踪而来,把夜色捕获
寒冷的夜色,甚至不知道它的罪名
小时候,晚霞就像妈妈温暖的襁褓

这次我想说说长大后
夜晚不会怀疑我
我相信爱的本质,一如生命的单纯与温柔
但无尽的夜里,还是有寒冷袭入我柔弱而敏感的心
不要错过一班回家的车,和一个深爱你的人
我是一个含蓄的人,留神着不说出那一个字
我会把爱表现在生活里,表现在脉脉含情的这一刻

## 时间不是闲人,遇见只会晚点

太阳偏在西南天的时候
一个双手交叉在背后的闲人
在街道边,深一脚、浅一脚
一步步踩着柔软的沙尘
沙尘上脚印也不算少
长的、短的、方的、尖的都有
一个人赶过去了,又一个来了
他不管,一直低着头
你看他的手里的核桃,不知磨过了多少时光

世界会让很多东西扭曲
但是世界从不欺骗人
有些事,做了就回不去了
时间决定你,会在生命中遇见谁
你的心决定你想要谁出现在你的生命里
而你的行为决定最后谁能留下
愿生活有一定艰辛,让你能获得成长
但又不会因过度辛苦而压垮你

## 这世间所有的好,都在神的眼光里

那高楼群里的草地多广阔,好像可以供我们走很久
又好像走不多久,就把风景走完了
那城里难得的绿色多蓬勃,好像世上所有的好都来到这里
我想跟你说很多话,像野马不停地唠叨
我想长久地和你拥抱,像两棵长到一起的树

如果你不在,我会在晚上独行
踩着小溪边的你的脚印,认真地往前走
我会敏感而善思
脚印像索引一样帮助我找到你
脚印好像可以藏下我一人影子的单薄
每一念,就化为百千万亿身
每一想,就像千年如一日,一日如千年
进入了世上所有的好里
世间所有的美好都归拢到了一处

神的眼光总是很独特
于我,你是充满生机的蓬勃梦幻
于你,我是一架需要深情善待的凉薄之躯

## 我回来是想看一切,是想看你

离乡时
故乡像母亲推开儿一样,逼着你远行
让你带着疼,想她
慢慢地,故乡在内心筑了一个巢
那个时代的乡愁
最是悠长

返乡时
我想看看故乡的脸庞,它应会像用旧了的扫帚一样可爱
我想看看故乡的影子,它应会远远地冲我笑着
我想看看墙,倒下的和立着的没有区别
我想看看东西,它们在这里沉沉欲睡

归去来兮
故乡待在往昔的光合作用里,回不去了
回不去的,还有童年
尘封的日子里
一杯敬故乡
一杯蘸着故乡敬远方

## 把你的故事对我讲,让我笑出泪光

又见窗外楼庭起
不自由的土地
唯有香如故
这一程山高水远,光阴最要珍惜

又见街巷桂花落
人不闲
你有故事
在这晃晃悠悠的人生里,笑出泪光

这是一根秋草的秋
那是天光云影共徘徊的冬
晨光里有一丝若隐若现的风,一只红蜻蜓在晾晒翅膀
它也来到人间,与人们欢聚一堂

## 在明天和意外来临之前,我想好好爱自己

偶尔猥琐时,仍在内心留存一块自我解嘲的土壤
但攒满猥琐
又是怎样的高潮呢

有时候
想倒叙活一回
第一步就是死亡
来到人世间,就注定不能活着回去
然后是老年
坏人变老了,挽着广场熟女跳街舞
第三步是中年
油腻、腻歪、歪歪的裤衩在飞,生生地活成正能量的模样
都是同一座山上的狐狸,还活色生香地说着聊斋
再然后是青年
青春就是荷尔蒙和你
贪得无厌的结果是浑身上下都是兴奋
第五步是上中学了
有知识但又有点肮脏,愚蠢但又很有想象力

接着上小学

然后变成了个孩子,无忧无虑地玩耍

肩上没有任何责任

不久,成了婴儿

直到出生最后九个月,在奢华的产房里享受 VIP 的服务

那里有中央供暖,客房服务随叫随到

住的地方一天比一天大

最后,我在高潮中结束了一生

## 城东一纸秋意,城南一股秋气

我的二阿姐
夹着一把伞,穿过细细的秋雨
从城东到城南,穿越大半个城市
送我一碗刚做的桂花糖藕,她说是用家里新的桂花做的
说这话时,她脸上秋意弥漫

那时,我正在写一封长长的信,写一纸秋意
寄给一个眉目间含着秋意的人,那是我的少年
内容不会暧昧得春眠不觉晓,字数不会因密集而堵得慌
加起来,是一种悠远的况味
那时,我正在画一幅残山剩水图,带一股秋气
我想送给老弱后的自己
一个头发稀疏花白的人,背着手,走进林子里
每一根汗毛像兼葭一样摆动着

## 在十二月的最后一天,我的心略大于地球

十一月刚到来
透过它的窗口
我望见了十二月
十二月大雪弥漫

在十二月的最后一天
我的心略大于地球
我不仅在乎你
还在乎你眼中的世界

岁月遇见故事
人生就是一首流行诗
我喜欢前四月猜测彼此心思的难熬,在一场大雨后的蔷薇里
　　结束
我喜欢梦一样的五月,它过去得最快,随后是最初的好时光
我喜欢六月青草盛开,处处芬芳
我喜欢七月看到天涯
我喜欢八月的漫长,九月的相望,十月的臆想

人生真的太吵了
我对世界残存的信心
都来自简单直接的美,还有夜深时的清静
在夜晚,我准备了诗和弹唱
祝你内心安宁
可怜的人类

## 只有大海,才有为伤口保鲜的盐

如果地球是大海的伤口
如果我有一个伤口
那我会一会儿被光明笼罩,像在大海里游泳
一会儿又进入阴影,像孩子被人从母亲怀里抱走

那年冬天,我带着半颗心
走向大海
不是去寻找另外半颗心
只想碎得更彻底
我的伤口里有挥霍不完的黑夜
每个黑夜都是被眺望固定的尽头
大海泛滥我全身的血气
让我安静,让我着迷
只有这更大的伤口才能把我安慰
只有这儿才有为伤口保鲜的盐

## 生活不是生命荒唐的编号，
## 生活的意义在于生活本身

明天也许不是你
也许是另一种拥抱，一种新的接触
和类似的痛苦
我将像你自己的痛苦的一部分那样归来
我将带着新的决心从另一个天堂走向你
我将带着同一目光从另一颗星球走向你
我将带着新形式的旧渴望走向你
我将以一个古怪、邪恶而忠诚的人走向你

带着来自你内心荒园的野兽的足迹
你会打击我，严厉却无力
正如你在打击你的命运、你的幸福、你的星辰时那样
我将微笑着捻出丝线绕在我的手指上
而我将把你命运的小线轴
藏在自己的衣褶里

我享受我们所能享受的生活
科班出身的童伶宜于唱全本武戏

中年演员才能担得起大出的轴子戏
只因到中年才能真懂得戏的内容

生活不是生命荒唐的编号
生活的意义在于生活本身
负担越重,我们的生命越贴近大地
就越真切实在
命运用一百种方式打击我,我就用一百零一种方式
　　与之对抗

## 向那些为了世界和平而油腻着自己的中年人致敬

夜深人静了
他们偷偷对号入座,紧张了一阵子
她决定不做庸俗中年妇,他决定放弃做油腻中年男

他们在中年开始拿捏火候
把舒心放在后面
一边糟蹋自己,一边养生续命
那个她的无糖饮料达成了肉体与灵魂的共识
那个她的拿铁换成了美式,没有奶也没有糖
那个他的深色茶杯里泡上菊花和枸杞,饭局一个不落

他在作死
她在安慰自己
向那些为了世界和平而油腻着自己的中年人致敬

## 神的望远镜像十一月的一支歌谣，
## 还有显微镜般的长笛

我的望远镜像十一月的一支歌谣
鲜花般地传唱你走来时的欣喜
它看见世界把自己缩小再缩小，并将距离化成一片晚风中夜
 莺求偶的一点泪滴
歌词是迷途的玫瑰正回来，奔赴幽会
旋律是岁月正脱离痛苦的一部书，并把自己交给冬雨后

我的显微镜像十一月的另一支歌谣
长笛越阡度陌，怕被别的什么耽搁或延误
它紧张地长啸
乐曲在你浴后的耳环发鬓旁呓语
间奏让水抵达天堂，飞鸣的箭不再能自已

我吹着长笛，偶尔唱着歌
无穷的山水流淌着你腕上羞怯的脉搏
我更清晰地看自己，更集中地看你
神的望远镜像十一月的一支歌谣
神的显微镜还听见我们的海誓山盟

## 梦中，看到你从彼时来

梦自心头起，你说你少年有梦
梦都像真的
梦是风干了的葡萄，梦是沉淀了的时光
在梦里你总是会向发小们道别，而后扬鞭离去
去向哪里又为何而去，你并不知晓也不在意
分离是甜蜜的，而离去之后更加甜蜜
最甜的莫过于夕阳和飞掠的空气

梦自心头起，我说我中年还有梦
梦好像都不真
在我的梦里，他们总是挥手道别
他们送上马酒 我会微笑着一饮而尽
我很庆幸旅程已经注定，我很庆幸我在挥鞭前行
我庆幸，我不再用眼泪麻烦别人
我庆幸，你听见我心中的声音

## 幸福并非遥不可及

我喜欢秋天,可它要走了
我就开始喜欢冬天
等到你音信全无
我就会用爱你的心去爱世间万物
等到一丛一丛的竹叶在昏黄的路灯下影影绰绰
我就以为路边偶遇的一朵扶苏就是你
等到落叶安然地躺在灰色的路面上
我以为那就是你生命最完美的绽放

我感觉万物都在把我带往你那里
我在秋风拂过的窗前,静静地看着灿黄的树叶飘落
树叶在空中盘旋着,如同我的心
不自觉地飘向你的方向
水来,我在水中等你
火来 ,我在灰烬中等你

我以为幸福并非遥不可及
幸福并不复杂、难得

一些小事情就能让人感到幸福
比如下雨时候,有躲雨的地方
心情不好的时候,喝上一杯浓浓的、热热的咖啡
比如一个人的时候
捧着书看,也是幸福
比如和你在一起
一切都让我觉得幸福

## 一朵花是好的,连枯枝败叶都是好的

你在街上行走,你忽然站那儿了,你开始左顾右盼
走着走着,你突然停下来
然后继续行走,你的诗就在这里面
当你对自然怦然心动的时刻,你就是个诗人

你会赞叹落叶
你发现自然的美是无限的,而人感受到的美却是有限的
用铁锹收集落叶,也能从中感受到美
你还发现美是亲近所得,是邂逅所得
当一片雪花飘过肩上,或者踩过一片落叶
停下来,美就在这里面

你会欣赏残花
你发现一朵花是好的,连枯枝败叶都是好的
一株枯萎的玫瑰或一只虫鸟纤细的心,都是大自然的馈赠
你还发现大自然就是诗境
只盼在非人情的天地逍遥,尽情领略

你会在时光里流连,爱上残花落叶
在无数个沉静的冬日下午
喝茶写诗,摆弄心爱小物,哪怕窗外北风凛冽、天寒地冻
心中依然满是盎然春意
此时,你就是你静美的诗

## 时间教会你与世界握手言和

时间流逝是自然的常态
你所经历的痛与苦、狂喜或失落
都藏在记忆的匣子里,偶尔打开或笑或泪
然而,过去的已然过去
在今后赶赴未知的路上,你可以一再回首
但需要握紧拳头,一往无前

错过是人生的常态
人的一生注定会有众多的错过
从下至上那是生活,形而上那是哲学
但总有尘埃落定时,你曾经的那些天马行空会——降落
你将知道终有一天,荒草绿地也有春天
你将爱上那么一天,虽然别人恨你,却灭不掉你的样子

失去是命运的常态
人生是在失去与收获间不断前行
过往不恋
当下不杂

**未来不迎**
你得记住,人生都会有异常艰难的时光
请不要胆怯,时间将教会你与世界握手言和

## 他不是一个特别坚强的人，只是他会忍

你可知道
你不知道人们只是故作坚强去承受重担
不是不痛
而是在忍

你可知道
你不知道谁都有支撑不住的时候
很多时候看似矫情的话语
其实出自更真实的自己

你可知道
你不知道善意的一丝安慰，有时看上去什么都没有改变
但有些人正是靠着这丝安慰
才能熬到第二天太阳升起

你可知道
你不知道别人的隐忍和委屈中，还有看不到的深情
他想说但不敢说出口的话，她想勇敢去爱但犹豫不决的心

每一个秘密,都是外人不能承受之重
如果不能躲过的,就笑着走过去

你可知道
你不知道人的内心就像横躺着的酒桶,上面有一个小塞子
只要拔掉那个凸起的塞子,百转千回的情绪就会奔涌而来
人们会在某一时刻拔掉塞子,倒掉内心的苦涩和无助
然后继续咬牙向前

你可知道
你不知道一个人会因为什么而痛哭
有些人看上去云淡风轻,内心却正经历着不可言说的疲惫和
　　苦痛
表面上若无其事,背地里也渴望心疼与呵护
只是现实逼迫着他们成为一个不动声色的人

你可知道
你不知道人生不过就是这样
一边在深夜痛哭过
一边在天亮时继续向前走

我拿起我的笔，争取写出
这些性感和诗意

有一个女人弯在一条船上
眼睛闭着，睡得一点儿都不安详
好像梦着尘世间众多无名的苦难
有一个男人蹲在一棵树下
他不只拍天空，他只是非常认真地拍了一阵子天空
性感和诗意肿胀在世界之外

尘世是个信息源，眼耳鼻舌身意
无尽的信息在瞬间被接收到，又在瞬间被忽略掉
街巷像草木一样美好的男子
忽然无意识地开放
你忽然看到了什么
忽然想到了些什么
忽然想说点儿什么

人生是个信息场，色声香味触法
你视网膜上的姑娘、你心里的姑娘、你脑海里的姑娘
是某种性感和诗意的表象

你说出来、写出来的街巷姑娘
是另一些表象
别人听了、读了,在他们心里和脑海里的姑娘
又是另一些表象

这一切无可奈何地偏差着,试图努力地重合着
最好的表达,好像就在这一切的偏差中
精妙地传递出
那一瞬间的性感和诗意
如果相机没抓拍到,那我就拿起我的笔
争取写出这些性感和诗
像云彩一样、露水一样、冰棍一样
以别样的形状沉没在遥远的时间里

## 立冬了,可他们要走了

雨在这个时候那么无情
他们必须回去的时刻来了
远方有孩子与生计纠缠着内心
好像成功就是与故土的隔离
父亲在客厅里不停地绕圈而走
母亲的手不断握紧又松开
雨停了我们才走,儿子说

雨在这个山村这么无情
他们无奈回去的时刻来了
故乡已是遥远的地方
好像生活就是背井离乡
父亲坐在寂静而遥远的角落
母亲倚进灯光哼着满是乡音的小调
雨停了你们快走,父亲说

雨在这个时代这么无情
他们拒绝回去的时刻来了

母亲的针线扎出了血滴
缝缝补补的不是衣物,是她的眼泪
父亲的旱烟烫红了指头
烟火里都是叹息
雨停了你们就走,母亲说

## 在黑暗抵达另一个黑暗之前，
## 你必须迎接崭新的自己

很多时候，我们会梦到许多千奇百怪的事
有的是我们平日的倒影
有时是未来的异象

很多时候，我们总是记不起自己梦境的内容
只能隐约记得梦里的感受，但也有人不一样，除了**会记得**
　　自己梦境的内容
还能察觉自己身在梦里

很多时候，你还会发现眼前这个场景
就是你以前的那个梦境
其中的人物场景都一模一样

很多时候，你可以在感觉快醒来的时候
赶紧继续做梦
让另一种意识在支配自己主动续梦

很多时候，在黑暗抵达另一个黑暗之前
你必须迎接崭新的自己
不要让任何瑕疵将你击倒

## 无论黑夜怎样悠长,白昼总会到来

见到你的第一面后,我的一生便都属于你了
见过你第三面,我就像一个生下来就眼盲的人
一只奇异的手在瞬间使我的双眼看到了光明

就像一个建筑师
你在城里盖一所房子之前,先在野外用你的想象盖一座凉亭
无家可归时,你那迷茫、孤独的精神与灵魂也有个归宿
你的房屋是你感情的躯壳
我愿能把你的房子紧紧地聚握在手里
任凭人来人往,任凭钟声响起
让思绪飘向山谷里、绿径上
把酒祝东风,且共从容

就像一个园林师
绿径成为你的里巷,使你在葡萄园中相寻相访的时候
衣袂上带着大地的芬芳
你的心也有一个归宿
那里有高山流水和苍翠的雪松,绮丽壮美的大自然陶冶了你

的性格
我注定了必须生活在此时此地,迈开脚走路
乘风而去
与你和自然万物共有着时间和空间

## 老去了头发，心中却多了一面镜子

当你老了
曾经令你难以负重的艰难时刻
曾经令你以为自己难以度过的艰难时刻
也老去了

当你老了
曾经面对的寒冬，那些曲解、漠视、诋毁等等
曾经以为再多一天就放弃的念头
也老去了

当你老了
曾经的纠结
曾经的很多人和事
也老去了

当你老了
就是千帆渡过与世界握手言和
就是时过境迁与淡然一笑
就是人生重新来过

## 让路走吧,随它伸向何方

闲下来,我们带着鲁莽的勇敢
我们脚步敏捷心境舒畅
在黄山的高巅
在黄果树瀑布的低涧
让路走吧,随它伸向何方
我们在欢歌中向前流浪

闲下来,我们脑子就活络起来
我们在黄浦江的缓流中
我们在黄龙洞涌流于碎石间的小溪里
为前方向我们敞开的世界
让路走吧,随它伸向何方
把诗像天堂一样吟唱

闲下来,我们才活得像个人
让黄色风暴在海湾上掀腾
让黄色风浪在天空威吓
润湿喉咙,继续向前
让路走吧,随它伸向何方
我们用歌儿问候海湾和山岭

## 让所有的怀疑与想象，
## 都回到人性的脚本

谁了解了过去
那过去就不是未来
那现在就是未来

理想没有死亡
精神性可以寻觅和解决
并紧密相关
更加接近心灵

文学还在流淌
没有谈论，没有呼唤
文学就在生活的潜流中
所有在黑暗中存在、在碎片中成形、在传递中
　　升温的思想文本
还在尖叫、大笑和哭泣

让所有的冷漠与困惑、怀疑与想象
都回到人性的脚本
从真诚的文本出发
直逼现实并通向未来

## 在所有人事已非的景色里,我最喜欢你

秋尽冬来
雨来了
听说寒风要料峭

听说在无所知的世界,走下去
才有惊喜
听说在生命的最初几十年,你养成习惯
在生命的最后几十年,习惯决定你

听说经历过苦难的人,对世界总是宽容的
生活不易
真的要且行且珍惜

我说有没有爱都不要慌,未来很长
值得期待的还很多
在所有人事已非的景色里
我最喜欢你

## 全国各地的地主不一样，
## 有些就是吃肉的老乡

全国各地的地主不一样
有些地区的地主生活考究
有的很一般
不过就是经常能吃肉的农村人

浩瀚的书海不一样
有的书本烟雨蒙蒙
有的一字一句襟怀坦荡
写一纸浓浓秋意

纷繁的人生不一样
有的取媚于世
有的身体刚正不阿
未走的路用读书弥补
未有的内涵让岁月弥补

## 你和头等舱的距离,差的不只是价格

你有带宽,足够宽吗
带宽决定一个人心智的容量
如果带宽老是被一种稀缺心态所塞满
就会影响你的认知能力和执行控制力
穷着穷着,你就傻了

你的冰山,非常冰吗
冰山就是看得见的成本,往往只是极小的部分
更大的成本,藏在看不见的水下
占小便宜,吃了大亏
穷人的钱很多都耗费在了这样的冰山成本上
占着占着,慢慢就呆了

你的穷人思维,还穷着吗
欧美彩票头奖得主,5年之内破产率达75%
但即使你把石油大王洛克菲勒身上的衣服剥得精光,然后把
　　他扔在撒哈拉沙漠的中心地带
只要有一支商队从他身边路过,他就会成为新的百万富翁

这世界与你前世无仇
今生无恨
你的思维
决定了你在什么阶层
你和头等舱的距离,差的不只是价格

## 浓缩成园林,一草一木拥江南

山塘有人家
枕河而立
静静依偎在山塘桥边
在它的对面是山塘老街
当年乾隆帝六下江南
一代帝王亦醉梦江南,旖旎难醒坐拥繁华
旧梦叠着新梦,值得泛舟梦回
悉数收藏

姑苏河畔有客栈
独具匠心藏在都市民宿中
住在这里
只是一件微不足道的事情
静下来,与寻常苏州百姓一起
生活在古城里

拙政园有栖迟依城文化客栈
门头青砖雕刻,门两旁金龙缠绕

门口的鱼戏荷花石雕
正前方的八角窗外映射
那庭院中一池的鱼儿,让人不由得放缓脚步亲近自然

平江有老宅
高墙封闭,马头翘角
墙线错落有致,斑驳的古砖墙配上石雕壁画
交织着鸟语花香以及悠长的石板路
俨然东方客栈的风情江南小院

浮生有四季
浮生写六记
保留苏州老宅的传统肌理
黛瓦粉墙,天井院落
月过碧窗今夜酒,雨昏红壁去年书
诗词的意境走进这小院民宅之中

墨客有古韵
集传统与现代、古典与时尚、婉约与华贵为一体
融入了苏州古典园林和建筑的古韵遗风
品味文化,打造墨客文化
让百年老宅重现昔日的古韵

## 心向美好的你,活成少女的样子

你读过的书很有价值
当你还是孩子时
你吃过很多食物,现在已经记不起吃过什么了
但它们中的一部分已经长成了你的骨头和肉
成为你身体的一部分

你的善良很有价值
虽然它也需要点儿锋芒
但纯真的爱情,质朴的理想
以及沉静下来的善良
让你的心境美好而高贵
你生而高贵,平凡得不必为任何人折腰
你已习惯在阳光灿烂的日子里开怀大笑,在无忧无虑的时光
  里慢慢变老

你的温暖很有价值
每次读诗和听音乐的时候,你大脑里瞬间会映出画面
山川河流、日月星辰、密林修竹、细草繁花

你的年华从未停顿
从来不会因绝望而束手无策
你不会被世界抛弃
心向美好的你,一定会活成少女的样子

## 这是更为隐蔽的世界，语言是充满力量的

飞鸟已从天空消失
在那一刻你记得你是谁
只是忘了你的名字

栖息在词语上面
也许很晚你才听到一声低叹不远
如松林中的夜风或黑暗中的海
那被讲述过的万物的回声
仍然在大地和沉寂之间编织着音节

这是更为隐蔽的世界
语言是充满力量的
言灵是存在的，比如鸡汤和补药
当有人呼唤你的名字时，就是在为你施加一道看不见的锁
或者翅膀

## 用足够的时间煨一锅鸡汤,善待自己

把每一个朴素的日子都过成良辰
比如,做一颗充满景仰的蛋
不甘于从外面打开,做别人的食物
而是努力从里面打开
追求生命的自我重生

把每一个朴素的日子过成有情调的小资生活
当桂花树枝从木格窗里伸进来,探到我的床上时
我就拥着天然有机香薰,夜夜枕着香气入眠
醒来时,蓝色印花蜡染被面还飘落几片花瓣
如果我是别人,那我想象我会爱上我

我的院子里总有两棵桂花树
除了我窗前的银桂,还有一株金桂栽种在井边
落叶和落花铺陈在院子里
清晨醒来穿着布鞋踩上去,非常柔软
我的人生总有两种别致
一半是放空自己,什么都不做,什么都不想
另一半是静静接纳人生所有的温暖阳光,什么都做,什么都想
用足够的时间煨一锅鸡汤,善待自己

## 漫不经心地点进某些文字，
## 就像进入了我们的人生

如果换不安分动态的视野，就可以看出事物不同的味道
漫不经心地点进某些文字
一旦这些要素与趋势相逢，便会热烈地成长
这种不同的截面，生猛而有趣
从惊讶开始，以赞美告终

爱对了的是爱情，爱错了的就是青春
有些文字漫不经心地点进去
然后就像横冲直撞的青春，突然跟你撞了个满怀
这些让人感到疼痛并且明媚的文字，是自酿的香水

曾经有那样一个时代，曾经有这样的我们
有些文字漫不经心地点进去
我们这样想着，这样活着
守护精神、传统、风骨
我们为自己折服

## 你只有屏住呼吸,才能接住远方

细雨清洁了傍晚
孤鹰不知从何处涌来
在耳畔,起伏
冬天的呼吸
更多来自身外之物
雨是最清晰的

黄昏时候,偶尔有风
就像那些所有难以把握的时刻一样
你要先把自己变轻才能站在晃荡的水面上
你要屏住呼吸才能接住远方
像灌木丛克制着长满刺的身体
因为爱,所以忍受

这一切都会消失,都会结束
正如雨,曾经开始
正如雨,不可抑制
时间终究会落在地上

而果实,将会穿过它向上生长
甜的苹果,酸的柠檬
还有阳光,那种令人期待的滋味

你将会看着这一切发生
你将参与其中,仿佛静止
你将挣脱这一切
你将会有你的人生百味

## 冬天的寒意,落到酒盅里一下子暖了

我得回去,翻过一些山再沿着一些水走
回到我的出生地
我想,去的路上世界会暂时变小,直到和小时候一样
再回来时就是永远那么小了
这些话我只说给你听,你不同于那些人
你安守在我的远方

我得回去,我站在自己的灯下
不知道望向旷野的何方
你却能站在你的灯下
想起我时,就望向我
这么想来,好像没那么难过
我希望两个人的都幸福,一个人的都自由

我得回去,每当北风把寒冷吹到脖子根部
心思就裹紧了
理想被围在中央,我用自己的经历,盖心中的房子
有人在遥远的某个地方将灯笼挂在屋檐下
照亮我的眼睛
我有点后悔,没跟生命里一些重要的东西好好告别

## 在人生的关口,有时需要一句诗或一张画

北风起
黑色的风,吹不走眼前的黑暗
但黎明就在那里
在触手可及的地方

寒潮驾到
我不想把人生弄得那么火热
我需要一个自我安慰的时刻,这对我的心情很重要
在人生的关口,有时只需要一句温暖的诗或一张温暖的画
就像是对世界的救赎
已然足够

心要暖暖的
在他人丢出那些压得死人的话语之前
我会铺垫出许多细水长流的故事
那是我的经历,我的感受
我希望真挚,有说服力
那也是我的人生态度

## 有些人生的战争,你需要单枪匹马

人生最高级的幸福是取悦自己
不断奔跑,勇敢地逆行
在感觉再也撑不下去的时候
比如辗转反侧、强颜欢笑、无所依靠、无人倾诉时
也要掸掸身上的尘土,擦干眼泪
继续前行

光辉岁月,并不是以后闪耀的日子
而是在无人问津的时候
你对自我追求的偏执

哪怕只有一辆破旧的自行车
也要单枪匹马
去这世界看一看
骑行在自我寻找的路上
让尘土像梦想一般飞扬
无论是去了天堂
还是消失在人海之上

## 时光漫长，你要多加餐饭

冬天的脚步缓缓走来
我每天给心灵写诗
希望能带给你
红泥小火炉般的温暖

在过去的时光中
我曾无数次地想象你
在深夜里，你读我写的每一首诗
如此相伴，好像经年累月
我的所喜、所爱、所厌、所恶
都是我的人生或别人的生活
希望你能懂得

时光漫长，你要多加餐饭
我们长相依

## 最好有你,配得上这美好的旧黄昏

最好的日子是星期六
尤其是在这样一个星期六
喝茶品茗,琢磨古朴茶楼的茶叶
看它如何变老、发黄、发灰
然后自己踌躇不定地
跨在温暖的门槛上
火炉略过阵阵寒气

彼时有一个女人在身边是好的
有两个更好,另一个是刚从乡村出来的茶侍女
一起看窗外飞驰的树木原野 ,安静地想点儿事情
就让她们彼此低语,带着痴笑盯着你
就让她们在温热的茶气中卷起衣袖,衬衫敞开一丁点儿
配得上这美好的旧黄昏

我睁大眼睛看着
把眼镜递到自己跟前
喝茶的手也随着慵懒的思绪,垂了下去

脑袋发昏、一头白发的我
两眼微闭
好像要歌唱,或者要哭泣
心的水面突然涟漪荡漾

## 透过时光长长的望远镜,能看见世间万物

从高处大槐树的枝叶间
突来的晚风,向我的房间注入
一溪寒冷
今天是给先人送寒衣的日子
透过时光长长的望远镜,能看见世间万物

我躺在鹅绒的床罩上
溅满夜色中的锦砖,触摸时间蛇皮
爬行于分秒之间
你心脏的活蹦乱跳,就是我不时的悸动
有时像一只凶猛吓人的怪兽

平静的只有钟摆
在钟的铸造中锤击
向流逝的时间,再钉进一颗新的钉子
在所有事物都拥有灵魂后
在生命还是物质的喘息、半成熟时
指针闪现于万物之前
我相信,它用它纤长的喙刺能穿透时间迟缓的叶脉

我想假如你距离得远一点儿
我的思念将像你我之间的空气
那样成长
假如你距离得相当远
我将以你我之间的山川
水流以及城市
来想念你

## 心的深邃曲折,胜过外界的一切嘈杂

我是这个世界的间谍
面对肖像,像面对镜子
又像在面对另一个自我
静态的画面,像所有日常的隐秘物一样
帮助旧日的痕迹自然复活
然后,打开翅膀、抵达一个自闭的空间

我是这个世界的剑客
有些东西注定无法抹去的
散发出暧昧的味道,并试图消去过往的疤痕
像峡谷里的断层,以及群星黯淡的眼神
狮子之心,来自追逐和捕猎
以及身上的累累伤痕
一颗不屈之心,总是不缺失越过苦海的自信、
　　隐含深深的顽强
那是他与生俱来的基因

我是这个世界的巫师

时光缓冲、消解了我的寒意
在人世间不断获取灵丹妙药
在自我喂食,并逐渐在年轮里复制和刻画命运
这缓慢的进程得益于所有破碎、伤害和内在的强大
这本身就是一个互动的过程

带着一颗缝补好的心
所有的支离破碎都会自然愈合
心的深邃曲折
胜过外界的一切嘈杂

## 浩瀚宇宙中,谁不曾孤独

我与别人不一样
我喜欢和孤独相处
我在生命里选择娶自己
我在夜晚写诗给自己
我认真读这些诗
然后,聆听自己的心跳与呼吸
我相信,我这样的生命走出去时不会慌张
相反地,那些乖张乱闯的生命
他们最怕孤独,人格不能完整独立

我给孤独成为一种生命正能量的机会
我的孤独是一座花园,哪怕里面只有一棵树
与其终其一生躲避不开
不如享受美丽而哀伤的孤独礼物
穿透它看到自己的心
这一刻,我是自由的
世界是我的

我完全接受自己是一个俗气至极的人
见山是山,见海是海
见花便是你
云海开始翻涌,江潮开始澎湃
昆虫的小触须开始挠着全世界的痒
孤独无须相望,我和天地万物便通通奔向你
然后,我们孤独地回到人群中
像水滴消失在海面

## 无论你在哪里，
## 你身上都有我祝福的一缕阳光

我跟你的枕头说好了，今天会来你的梦里
也许时代不允许只有两个人的世界
但我们可以与热闹的人群保持合适的距离入世，既能自然地
　　融入其中
也能随时抽身而出，回归自己的精神世界
我懂你的难过
我想要：天涯地角有穷时，只有相恋无尽处

我与你的冬天说好了，以后所有的冬天你只见我一个人
情不知所起，一往而深
遇见了，便住进了心里
融入了血里，留在至纯至真的时光里
我懂你的无奈
我想要：在经历过所有的世事沧桑之后，依旧拥有疯狂爱一
　　个人的力量

我与你的人生说好了，你只会把你的怀抱遗留在尘世里与我
　　紧紧相拥

孤独本是人生常态,所以陪伴才显得格外令人珍惜
这世间纵有万千风景,也抵不过有你在身边
与其在悬崖上展览千年
不如在爱人的肩头痛哭一晚
一起走进这个高贵、优雅而包罗万象的寂寞世界
我懂你的挣扎
我想要:在悠悠岁月里,只装饰你的梦

## 相隔的不仅是岁月，
## 还有彼此渐行渐远的价值观

年岁渐长，已经没有说教别人的欲望
也不想被别人说教
从一个原点出发
希望我们走向同样的方向
这也没有关系，并不影响一个人的日常生活
就像没有阅读也可以活着
没有精神也可以在黑压压的人群中走过
在拥挤的地铁里和公交上，没有人在意你的思想

我宁愿相信，无论你表达什么样的价值观
都还是真诚善良
只是眼界会局限一个人，这个勉强不了
在旧时光里，会有你美好的一面
熟悉，并不代表了解
只是时间把你更早地推到我面前
我们唯一的相似点可能就是对故乡美食的热爱，
　　　性取向可能都不同了

时间决定我们遇见谁,而心决定谁将留下
多年不见,我还是渴望遇见你
可能价值观不同,但我们有着彼此的过去
我们不聊思想
思想就像内裤,不会轻易露出来

## 那个他或她,我能写封信给你吗

我想写一封信
投入邮筒寄给你
一周甚至一个月以后
收到你的信
我喜欢这种等待的仪式感

信里说冬天、小城和城中河流
说亲爱的,亲爱的
说秋天很美,很美
旅途有一丁点儿
旧信封才知道的疲惫
说我喜欢你这样的人
说出许多问号和省略号
说:祝好　某某
某城　某年某月某日

你回信说冬天的雪、小城故事和城中河流的落花
说静静发呆

说把情感宣泄在一张美丽的纸上，让字如音符般
　　抵达我的心里
信书写得郑重
我握在手心上
说纸短情长
说爱是万千
说:祝好　某某
某城　某年某月某日

今天,我在老街
我买了明信片
我想起一纸信笺跋山涉水,最后在我心间停留
我写好一封信
写满了思念
却不知你的地址和联系方式
而且,很多想好的词语提笔时好像已忘记

## 在冰与火中,我关心那些小事情

我关心小事情
我的原初是谁,我的未来何在
好像都不重要
我专注于当下,毫无疑虑地活在当下的世界里
认真感受世界展露的一切
月轮、星辰、溪流、森林等
我已没有远大的志向

我关心小事情
我从何处来,不知道
我也不知道,将去何方
我历尽艰辛,不再闪耀
在我那群芳争妍的花园中
对玫瑰的抚爱感到厌倦
我疲于幻想的心灵
渴求恬适的宁静
我不探索引起痛苦的知识

我关心小事情
我为什么来,我从何处来
我不关心哪里曾有一颗闪耀的星,何时亲吻着另一颗星
那是神明的大事
我所能做的,是些小事情
我热爱时间,思念母亲
一直想念你
我静悄悄地做人,像早晨一样清白

我关心小事情
你对我微笑就是令我幸福的事
我关心灵魂,更关心你是否快乐
雾霾的冬季,看到少有的蓝天就足够让人幸福
幸福,还有大街上你不顾一切的牵手与拥抱

## 上海容不下肉身,小城放不下灵魂

听说老家的同学们
日子过得很滋润
生活很从容
悠闲又惬意
不像我们挣扎在生活和工作的压力中
母亲往来,她也很辛苦
不是说,父母在,不远行吗

听说有同行把上海的工作辞了、房子卖了
他们在上海有车有房有户口,收入体面
但怎么会比穷人更焦虑
不是说,中产阶层是很多人的追求吗

听说我自己常常泪流满面
仍然坚守在上海
就像坚守自己的阵地一样,顽强而执着
人生最糟糕的是不知道想要什么,不知道如何选择
不是说,家乡的那座小城已无法安放我在上海长成起来的
　　灵魂吗

## 月亮出来时,全世界是一个梦

太阳出来时
月亮是一个梦
月亮出来时,全世界是一个梦

没有什么遗憾了,到现在为止
一切好像刚刚好
没有什么遗憾了,到现在为止
我所做的和我必须做的,已接近
剩下的事情顺其自然,或任它水到渠成
我接受这个世界
有我无力到达的广阔领域

在这芸芸众生中,命运给予我的
是一条不宽不窄的道
但我接受了这一切
并怀着感恩的心情
我请求给我一束光,或者我自己
变成一束光照亮自己

一首诗、一阵微风之后
爱睡的都睡了
睡觉而非死亡
有一些小伤,受伤也是一种生活
有时在沮丧中度过一个下午,真的一点儿也不坏

## 漫不经心的匆匆巡礼,其实丝丝入扣

从哪里起头呢
得从遥远得记不清岁月的时代开始
炎黄龙是蛇加各种动物形成的
鸟儿与蛙是图腾的旗帜
青铜饕餮威视中透出狞厉美
先秦儒道互补的理性主张
楚汉古拙气势的浪漫抒怀
宋元山水无我的主观精神境界、气韵和兴味

文艺总走在前头
汉代文艺大笔事功与行动
魏晋含蓄风度,南北朝雕塑精神、思辨
唐诗宋词、宋元山水大写的襟怀与意绪
明清文艺流露的世俗人情

哲学惯于融入时代灵魂
人性不是先验主宰的神性
也不是官能满足的兽性

感性中有理性，个性中有社会
知觉情感中有想象和理解
只要相信世间有因果
人性就是有意味的形式

## 对　话

用倒影的方法
用太极、用身体语言
去找到自己的韵律
教自己与自己的身体对话

用手指牵动身体
手腕牵动手，用肋骨的移动
默默地写你的姓名
来产生身体的韵律

## 任性不容易,我理解和保护自己

我带着印有"ily"的帽子走在大街上
不断有人盯着它看
可能误以为我要喜欢她们
其实,我不喜欢她们
我讨厌她们
我要离开她们
我想失去她们
我只想喜欢你

我带着足够的冲劲儿
扎进人的眼睛
之后又膨胀出足够大的体积
留在别人的心里
我不会喜欢认识的人
偶尔选择都是出于命运和我自己极大的任性
在这个世界上任性不容易
我理解和保护自己

## 一只猫来了,另一只猫走了

阳光下,两只猫摆出同样的姿势
一只是白猫,一只是黑猫
他们的距离,正好可以用来相互猜测

天上飘过的云
在地面留下一团阴影
黑猫起身走了,然后白猫也走了

阳光回来的时候,黑猫也回来了
但白猫已经不在
黑猫再次转身离开

太阳快落山时,白猫回来了,她再也看不到黑猫
她的脸
已是一片灰暗

## 在自己的小世界里沉沦，
## 不如探头去张望

猫儿相伴看流年
一路遇见了你
你不是我，却又像这世上的另一个我
也许并非徒劳无益
你是如此的疲困、凄苦
要做一个决定，低质量的陪伴不如高质量的孤独
孤独一直在注视我们和自己

有一只家养的假乌鸦
在笼子里鸣叫
它是如此的哀伤、绝望
模仿我们的声音
你在时，它叫得更欢
我在时，它叫得无精打采
这不是兽性
这是人性爆发

在自己的小世界里沉沦
不如探头去张望
遇见你的时候
上帝只在我耳边说出四个字
在劫难逃

## 青衫细马春年少,十字津头一字行

我相信命运
我相信尚未认识的你
我相信我自己

终有一天我会成为所有我爱的人
过一缕清风拂过浮躁的生活
过一种少年般的明亮生活

总有一天我会穿越人海发光发亮
不活成他人想象的样子
因为我的人生无须证明给谁看

终有一天我要成为我想成为的人
这么近那么远,还是那个青衫细马的少年
青衫细马春年少,十字津头一字行

## 我去旅行,是因为我决定了要去

我去旅行,是因为我决定了要去
并不是因为对风景的兴趣

我去恋爱,是因为我从来不会阻止一个女人
阻止她去追寻天命
如果阻止,一定是因为那不是真正的爱情
不是用宇宙语言表达的爱情

我去读书,是因为我喜欢扉页上有题签、页边写满
　　注记的旧书
我爱极了那种与心有灵犀的前人冥冥共读
时而戚戚于胸、时而耳提面命的感觉

我去感受孤单,是因为我只是我生活里的一个影子
你却在我的生命里占有重要地位
如果我只是单纯的过客,为何要让我闯入你的生活
我千百次想过要得到你,但仅凭一己之力我做不到

## 父母子女一场,是什么在支撑他们的余生

我听说有一对父母很坚强
他们反复述说没有辜负孩子的旧时光
不知在孩子生命陨落时
在告别时
他们的心
是否已支离破碎
半截入土

可能在孩子离去的那一瞬间,他们已不会太悲伤
因为已有一段痛苦的陪伴
真正感到悲痛的是
打开冰箱的那半盒牛奶
那窗台上随风微曳的绿箩
那安静地折叠在床上的绒被
还有那深夜里对面房间里亮着的灯光

父母只是孩子的一部分
可是孩子却是父母的全部世界

悲痛最终还是来了
有时不要把他们从悲痛中拉出来
因为这是唯一能够支撑他们活下去的信念

他们无处安放的晚年,会带着无法抹除的伤痛
他们说:活得太久了
但为什么还要活着呢
因为各种债还没有还完
不知道这些家庭要多少年才能从痛楚里面走出来
或许是再也不能

归属来源于内心，找到那些能够
触摸你内心的人或地方

眼见颜色，耳闻声音
是感受
见颜色而知其美，闻声音而知其和
也是感受

梦想不是什么特别的事，谁都曾经有过
有人因为生存环境而早早磨灭
有人不愿屈服于命运而努力追寻

未来在你内心，找到那些能够触摸你内心的人或地方
那里就是你自由与梦想彼岸

## 在我什么也不想要的时候，
## 我只想跟你在一起

在我什么也不想要的时候，一切如期而来
而我只想跟你在一起

我似乎每天都会失去一样东西
接受失去钱包钥匙的慌张
接受蹉跎而逝的光阴
接受闲言碎语的编排
后来，我发现钱包钥匙原来就在我包里的下方

我练习失去得更快
更多地方、姓名以及计划去旅行的目的地
失去这些不会带来灾祸

我练习失去得更多
有一年我失去了4只钱包
还有，家中的最后一本小学课本
倒数第二本《心经》不见了

我其实刻薄,不擅温言宽慰也惰于交流,说着说着便沉默了
我往往疏离,孤独执着
这些都是我的人生
而你却是我的侥幸

## 我在床上见过很多苹果，
## 每只都笑得太甜

足够好，你才选中了我
这本身就是盛大的恩典
你是脸颊有一对儿酒窝的人
当我从后面狠狠地抱住你
就会感觉你在笑我
我抱得越狠，你笑得越烈

借由孩子，我们将童年重演一遍
拾起被遗忘的幸福，补全日渐残缺的灵魂
呕心沥血地教养孩子，最后发现
一起长大的还有自己
我在床上见过很多苹果
每只都笑得太甜

## 一世一会，每次相聚都是绝无仅有的

年少时的自己
以为离别是离开不爱的人
长大了
才发现离别是离开所爱的人
是擦着眼泪，不敢回首

当所爱离开时，必须用力地挥手
用力地哭，大声地说再见
因为在今后的日子里，将不再有他们的身影

这是一个流行离开的世界
我们都不擅长告别
只有痛过才有感觉
告别是心头的血

这是一个注定聚散的人生
每一个瞬间都是不能重复的
每一次相聚都是绝无仅有的
一世一会，务必珍惜

## 碰到有风的日子，
## 花从迷离的碧空飘舞下来

我爷爷的小院
既狭窄，又简陋
屋陋，尚得容膝
院落小，亦能仰望碧空
小时候信步遐想，可以看得很远
很远

我爸爸说：日月之神长照
一年四季，风霜雨雪
轮番光顾，兴味不浅
蝶儿来这里欢舞，蝉儿来这里鸣叫
小鸟来这里玩耍，秋蛩来这里低吟
静观宇宙之大，个人的世界大多包容在自己心的院子里

现在，我自己的院里有一棵老李树
到了年末，树上还有花朵
碰到有风的日子，李子花从迷离的碧空飘舞下来
须臾之间，满院飞雪
无论小雪与大雪

## 我的诗集就是我的坦白，是我一生的故事

我愿意接受自己是一个不成功的人
用自己喜欢的方式度过一生
不泯然于众，只遵从内心真实的感受
不在乎别人如何好恶评说
我欣然向前

我愿意做一个种花的人
播种、施肥
然后用数年之久等待花开
花开一瞬
不在乎他却将花摘下，举手赠予他人

我愿意翻山越岭
登舟涉水，山一程、水一程
有时候走着走着，顿觉一生一事无成
不在乎同行者如何高大伟岸
我从不抱怨自己碌碌无为

我的诗集就是我的坦白
是我一生的故事

## 作者简介

缪锦春,1972年生人,江苏东台人。南京大学比较经济学博士后、澳门科技大学管理科学博士、南京航空航天大学经济学博士、南京航空航天大学法学博士(在读),南开大学、华东理工大学、湖南商学院、南京师范大学、长沙师范学院、湖南财政经济学院、邵阳学院、上海金融学院、南通大学等20多家高校兼职或客座教授,南京大学国际商务兼职导师。先后在中国银行苏州分行、中国银行江苏省分行、中国银行、中银香港、招商银行等商业银行工作。曾任《金融时报》《上海金融报》《金融早报》《江苏法制报》《南通日报》《江海晚报》等报刊特约撰稿人。在各类刊物发表经济、金融、文学类作品80余万字。